# LA COMTESSE

# DE CHARNY

PAR

## ALEXANDRE DUMAS.

10

PARIS

ALEXANDRE CADOT, ÉDITEUR,

37, RUE SERPENTE.

—

1853

# LA COMTESSE DE CHARNY.

## Ouvrages de Xavier de Montépin.

Les Oiseaux de Nuit . . . . . . . . 5 vol.
Le Vicomte Raphaël . . . . . . . . 5 vol.
Mignonne . . . . . . . . . . . 3 vol.
Brelan de Dames . . . . . . . . . 4 vol.
Le Loup noir . . . . . . . . . . 2 vol.
Confessions d'un Bohême . . . . . . 5 vol.
Les Amours d'un Fou . . . . . . . . 4 vol.
Pivoine . . . . . . . . . . . . 2 vol.
Les Viveurs d'autrefois . . . . . . . 4 vol.
Les Chevaliers du Lansquenet . . . . . 10 vol.

*Sous presse.*

Mademoiselle Kérovan.

## Ouvrages de G. de La Landelle.

Falkar le Rouge . . . . . . . . . . 5 vol.
Le Morne aux Serpents . . . . . . . 2 vol.
Les Iles de Glace . . . . . . . . . 4 vol.
Une Haine à Bord . . . . . . . . . 2 vol.
Les Princes d'Ébène . . . . . . . . 5 vol.

## Ouvrages d'Alexandre Dumas fils.

Tristan le Roux . . . . . . . . . . 3 vol.
La Dame aux camélias . . . . . . . 1 vol.
Aventures de quatre femmes . . . . . 6 vol.
Le docteur Servans . . . . . . . . 2 vol.
Le Roman d'une femme . . . . . . . 4 vol.
Césarine . . . . . . . . . . . . 1 vol.

*Sous presse.*

Les Amours véritables

Impr. de E. Dépée, à Sceaux (Seine).

# LA COMTESSE

# DE CHARNY

PAR

## ALEXANDRE DUMAS.

10

PARIS

ALEXANDRE CADOT, ÉDITEUR,

37, RUE SERPENTE.

1853

# I

La tour de péage du pont de Varennes.

Nous avons laissé **M. de Damas** faisant sonner le boute-selle par les trompettes, que, pour plus de sûreté, il avait retenus chez lui.

Au moment où le premier son de la trompette éclata, il prenait son argent dans le tiroir de son secrétaire, et, en y prenant son argent, il en tirait quelques papiers qu'il ne voulait ni laisser derrière lui, ni emporter avec lui.

Il s'occupait de ce soin, lorsque la porte de sa chambre s'ouvrit, et que plusieurs membres de la municipalité parurent sur le seuil.

L'un d'eux s'approcha du comte.

— Que me voulez-vous? demanda celui-ci, tout étonné de cette visite inattendue, et se redressant pour cacher une paire de pistolets déposée sur la cheminée.

—Monsieur le comte, répondit un des

visiteurs avec politesse, mais avec fermeté, nous désirons savoir pourquoi vous partez à cette heure.

M. de Damas regarda avec surprise celui qui se permettait de faire une pareille question à un officier supérieur de l'armée du roi.

— Mais, répondit-il, c'est bien simple, monsieur ; je pars à une pareille heure, parce que j'en ai reçu l'ordre.

— Dans quel but partez-vous, monsieur le colonel ? insista le questionneur.

M. de Damas fixa sur lui un regard de plus en plus étonné.

—Dans quel but je pars? D'abord, je l'ignore moi-même; puis, ensuite, je le saurais; que je ne vous le dirais pas.

Les députés de la municipalité se regardèrent entre eux en s'encourageant les uns les autres du geste, de sorte que celui qui avait commencé d'adresser la parole à M. de Damas continua :

—Monsieur, dit-il, le désir de la municipalité de Clermont est que vous partiez, non pas ce soir, mais seulement demain matin.

M. de Damas sourit de ce mauvais sourire du soldat à qui l'on demande, soit par ignorance, soit dans l'espoir

de l'intimider, une chose incompatible
avec les lois de la discipline.

— Ah! dit-il, c'est le désir de la municipalité de Clermont que je reste jusqu'à
demain matin?

—Oui.

— Eh bien! monsieur, dites à la municipalité de Clermont que j'ai le suprême
regret de m'opposer à son désir, at-
tendu qu'aucune loi — que je connaisse
du moins — n'autorise la municipalité
de Clermont à entraver la marche des
troupes. Quant à moi, je n'ai d'ordres à
recevoir que de mon chef militaire, et
voici mon ordre de départ.

Et, ce disant, M. de Damas étendit son ordre vers les députés municipaux.

Celui qui se trouvait le plus proche du comte le reçut de ses mains, et le communiqua à ses compagnons, tandis que M. de Damas prenait derrière lui les pistolets déposés d'avance sur la cheminée, et cachés par son corps.

Après avoir examiné avec ses collègues le papier qui venait de lui être communiqué :

— Monsieur, dit le membre de la municipalité qui avait déjà adressé la parole à M. de Damas, plus cet ordre est précis, plus nous devons nous y opposer; car, sans doute, il vous recommande

une chose qui, dans l'intérêt de la
France, ne doit pas s'accomplir. Je vous
annonce donc, au nom de la nation, que
je vous arrête.

—Et moi, messieurs, dit le comte en
démasquant ses deux pistolets, et en les
dirigeant sur les deux officiers municipaux les plus rapprochés de lui, je vous
annonce que je pars.

Les officiers municipaux ne s'attendaient pas à cette menace armée. Un
premier sentiment de crainte, ou peut-
être d'étonnement, les fit s'écarter devant M. de Damas. Celui-ci franchit le
seuil du salon, s'élança dans l'antichambre, dont il ferma la porte à double tour,

se précipita par les escaliers, trouva son cheval à la porte, sauta dessus, se rendit ventre à terre sur la place où se rassemblait le régiment, et, s'adressant à M. de Floirac, un de ses officiers, qu'il trouva à cheval.

— Il faut nous tirer d'ici comme nous pourrons, dit-il ; mais l'important est que le roi soit sauvé.

Pour M. de Damas, qui ignorait le départ de Drouet de Sainte-Menehould, qui ne connaissait que l'insurrection de Clermont, le roi était sauvé, puisqu'il avait dépassé Clermont, et qu'il allait atteindre Varennes, où stationnaient les relais de M. de Choiseul, et les hussards de Lauzun, commandés par MM. Louis de Bouillé et de Raigecourt.

N'importe, s'adressant au quartier-maître du régiment, qui s'était rendu sur la place un des premiers, avec les fourriers et les dragons de logement :

—Monsieur Rémy, lui dit-il tout bas, partez! prenez la route de Varennes.... Allez ventre à terre, rejoignez les voitures qui viennent de passer ; vous m'en répondez sur votre tête !

Le quartier-maître piqua des deux, et partit avec les fourriers et quatre dragons ; mais, arrivé à un endroit où la route se bifurquait, il prit le mauvais chemin, et s'égara.

Tout tourna fatalement dans cette fatale nuit !

Sur la place, la troupe se formait lentement; les municipaux enfermés chez M. de Damas étaient facilement sortis de leur prison en forçant la porte ; ils excitaient le peuple et la garde nationale , qui se rassemblait avec une bien autre ardeur et une bien autre attitude que les dragons. Quelque mouvement que fît M. de Damas, il s'apercevait qu'il était couché en joue par trois ou quatre fusils dont le point de mire ne le quittait pas ; ce qui ne laissait pas que d'être inquiétant. Il voyait ses soldats soucieux : il passait dans leurs rangs pour essayer de raviver leur dévoûment au roi ; mais les soldats secouaient la tête. Quoiqu'ils ne fussent pas encore tous rassemblés, il jugea qu'il était grandement temps de partir ; il donna l'ordre de se mettre en marche ; mais personne ne bougea ! Pendant ce temps, les officiers munici-paux criaient :

— Dragons ! vos officiers sont des traîtres ; ils vous mènent à la boucherie !... Les dragons sont patriotes !...Vivent les dragons !...

Quant aux gardes nationaux et au peuple, ils criaient :

— Vive la Nation !

D'abord, M. de Damas, qui avait donné

à demi-voix l'ordre de partir, crut que cet ordre n'avait pas été entendu. Il se retourna et vit les dragons du second rang qui mettaient pied à terre, et qui fraternisaient avec le peuple.

Dès lors, il comprit qu'il n'avait plus rien à attendre de ses hommes. Il réunit autour de lui les officiers par un coup-d'œil.

— Messieurs, dit-il, les soldats trahissent le roi... J'en appelle des soldats aux gentilshommes... Qui m'aime me suive ! à Varennes !...

Et, enfonçant les éperons dans les flancs de son cheval, il s'élança le premier à travers la foule, suivi de M. de Floirac et de trois officiers.

Ces trois officiers, ou plutôt sous-officiers, étaient l'adjudant Foucq et les deux maréchaux-de-logis Saint-Charles et la Potterie.

Cinq ou six dragons fidèles se détachèrent des rangs, et suivirent aussi M. de Damas.

Quelques balles que l'on envoya à ces héroïques fugitifs furent des balles perdues.

Voilà comment M. de Damas et ses dragons ne s'étaient point trouvés là pour défendre le roi, quand le roi avait été arrêté sous la voûte de la tour du péage de Varennes, forcé de descendre de sa voiture, et conduit chez le procureur de la commune M. Sausse.

# II

### La maison de M. Sausse.

La maison de M. Sausse, — du moins
ce qu'en virent les illustres prisonniers
et leurs compagnons d'infortune, — se
composait d'un magasin d'épiceries au
fond duquel, et à travers un vitrage, apparaissait une salle à manger d'où l'on
pouvait, étant assis à table, distinguer

les chalands qui entraient dans la boutique ; entrée, d'ailleurs, dont avertissait
une sonnette mise en branle par l'ouverture d'une petite porte basse et à claire
voie, comme celles qui ferment, pendant
le jour, les magasins de province, que
leurs propriétaires, soit par calcul, soit
par humilité, semblent n'avoir pas le
droit de soustraire aux regards du passant.

Dans un coin de la boutique, un escalier de bois à angles grossiers con-
duisait au premier étage.

Ce premier étage se composait de
deux chambres : la première, succur-
sale du magasin, était pleine de ballots
entassés à terre, de chandelles pendues

au plafond, de pains de sucre rangés sur la cheminée dans leurs grossiers papiers bleus, et coiffés de leurs bonnets gris, qu'on enlevait pour voir la finesse et la blancheur de leur grain ; la seconde était la chambre à coucher du propriétaire de l'établissement, réveillé par Drouet, laquelle chambre laissait voir encore les traces de désordre occasionnés par ce réveil subit.

Madame Sausse, à moitié habillée, sortait de cette première chambre, traversait la seconde, et apparaissait en haut de l'escalier au moment où la reine d'abord, puis le roi, puis les enfants de France, puis, enfin, madame Elisabeth et madame de Tourzel franchissaient le seuil du magasin.

x. 2

Précédant de quelques pas les voyageurs, le procureur de la commune était entré le premier.

Plus de cent personnes accompagnaient la voiture, et demeurèrent devant la maison de M. Sausse, qui était située sur une petite place.

— Eh bien ? fit le roi en entrant.

— Eh bien, monsieur, répondit Sausse, il a été parlé de passeport... si la dame qui dit être la maîtresse de la voiture veut bien montrer le sien, je le porterai à la municipalité, où le conseil est rassemblé, pour voir s'il est valable.

Comme, à tout prendre, le passeport donné par madame de Korff au comte de

Charny, et, par le comte de Charny, à la reine, était en règle, le roi fit signe à madame Tourzel de donner ce passeport.

Elle tira le précieux papier de sa poche, et le remit aux mains de M. Sausse, lequel chargea sa femme de faire les honneurs de la maison à ses hôtes mystérieux, et partit pour la municipalité.

Les esprits y étaient fort animés, car Drouet assistait à la séance. M. Sausse entra avec le passeport ; — chacun savait que les voyageurs avaient été conduits chez lui, et, à son arrivée, le silence de la curiosité se fit.

Il déposa le passeport devant le maire.

Nous avons déjà donné la teneur  d

ce passeport ; le lecteur sait donc qu'il n'y avait rien à y redire.

Aussi, après l'avoir lu :

— Messieurs, dit le maire, le passeport est parfaitement bon.

— Bon ? répétèrent huit ou dix voix avec étonnement.

Et, en même temps, les mains s'étendaient pour le recevoir.

— Sans doute, bon, dit le maire puisque la signature du roi y est !

Et il poussa le passeport vers les mains tendues, qui s'en emparèrent aussitôt.

Mais Drouet l'arracha presque des mains qui le tenaient.

— Signé du roi, dit-il, soit ! mais l'est-il de l'Assemblée... de l'Assemblée nationale ?

— Oui, dit un de ses voisins qui lisait le passeport en même temps que lui, et à la lueur de la même chandelle ; et voilà les signatures des membres d'un des comités.

— D'accord, reprit Drouet ; mais l'est-il du président ?... Et, d'ailleurs, trancha le jeune patriote, la question n'est pas là. Les voyageurs ne sont pas madame de Korff, dame russe, ses enfants, son intendant, ses deux dames de compagnie et trois domestiques ; les voyageurs sont

le roi, la reine, le Dauphin, Madame
Royale, madame Élisabeth, quelque
grande dame du palais, trois courriers...
la famille royale enfin! Voulez-vous ou
ne voulez-vous point laisser sortir de
France la famille royale?

La question se posait sous son véritable point de vue; mais, pour être po-
sée ainsi, elle n'en était que plus difficile
à résoudre par de pauvres officiers municipaux d'une ville de troisième ordre
comme était Varennes.

Donc, on délibéra, et, la délibération
menaçant de traîner en longueur, le procureur de la commune résolut de laisser
délibérer les officiers municipaux, et de
revenir chez lui.

Il retrouva les voyageurs debout dans son magasin. Madame Sausse avait insisté pour les faire monter dans sa chambre, puis pour les faire asseoir dans sa boutique, puis pour leur faire prendre quelque chose; mais ils avaient tout refusé.

Il leur semblait qu'en s'installant dans cette maison, ou qu'en s'y asseyant, ou qu'en y acceptant quelque chose, ils feraient une concession à ceux qui les avaient arrêtés, et renonceraient à ce prochain départ, objet de tous leurs désirs.

Toutes leurs facultés étaient, pour ainsi dire, suspendues jusqu'au retour du maître de la maison, qui devait rapporter la décision de la municipalité sur ce point si important du passeport.

Tout à coup, on le vit fendre la foule qui encombrait la porte, et faire des efforts pour rentrer chez lui.

Le roi s'avança de trois pas à sa rencontre.

—Eh bien, lui demanda-t-il avec une anxiété qu'il s'efforçait en vain de cacher, et qui se faisait jour malgré lui, eh bien, le passeport?

— Le passeport, répondit M. Sausse, je dois dire qu'il soulève en ce moment une grave discussion à la municipalité.

— Et laquelle? demanda Louis XVI. Douterait-on de sa validité, par hasard?

— Non ; mais on doute qu'il appartienne bien véritablement à madame de Korff, et le bruit se répand que c'est, en réalité, le roi et sa famille que nous avons le bonheur de posséder dans nos murs.

Louis XVI hésita un instant à répondre ; puis, prenant tout à coup son parti :

— Eh bien, oui, monsieur, dit-il, je suis le roi... voici la reine, voici mes enfants... et je vous prie de nous traiter avec les égards que les Français ont toujours eus pour leurs rois.

Nous l'avons dit, la porte de la rue était restée ouverte ; grand nombre de curieux encombraient cette porte ; les

paroles du roi furent entendues, non-
seulement au dedans, mais aussi au
dehors.

Malheureusement, si celui qui venait
de les prononcer les avait dites avec une
certaine dignité, l'habit gris dont il était
revêtu, sa veste de basin, sa culotte et
ses bas gris, et la petite perruque à la
Jean-Jacques qu'il portait, ne répondaient guère à cette dignité.

Le moyen, en effet, de retrouver un
roi de France sous cet ignoble déguise-
ment?

La reine sentit l'impression produite
sur cette multitude, et le rouge lui en
monta au visage.

— Acceptons ce que madame Sausse nous a offert, dit-elle vivement, et montons au premier.

M. Sausse prit une lumière, et s'élança vers l'escalier pour montrer le chemin à ses illustres hôtes.

Pendant ce temps, la nouvelle que c'était bien le roi qui était à Varennes, et que l'aveu venait d'en être fait par sa propre bouche, s'envolait à tire d'ailes, et se répandait dans les rues de la ville.

Un homme entra tout effaré à la municipalité.

— Messieurs, dit-il, les voyageurs arrêtés chez M. Sausse sont bien le roi et la famille royale... Je viens d'en entendre l'aveu de la propre bouche du roi!

— Eh bien, messieurs, s'écria Drouet, que vous disais-je?

En même temps, on entendait de grandes rumeurs par la ville, et le tambour continuait de battre, et le tocsin de sonner.

Maintenant, comment tous ces bruits différents n'attiraient-ils point au cœur de la ville, et près des fugitifs, M. de Bouillé (1), M. de Raigecourt et les hus-

(1) Ce M. de Bouillé était Jules, et non Louis de Bouillé, que nous avons vu apparaître dans le cours de cette histoire, et qui a pénétré, déguisé en garçon serrurier, dans la forge du roi.

sards en station à Varennes pour attendre le roi?

Nous allons le dire.

Vers neuf heures du soir, les deux
jeunes officiers venaient de rentrer à
l'hôtel du Grand-Monarque, lorsqu'ils
entendirent le bruit d'une voiture.

Tous deux étaient dans une salle au
rez-de-chaussée, et coururent à la fenêtre.

Cette voiture était un simple cabriolet; cependant, les deux gentilshommes
se tenaient prêts, s'il était besoin, à faire
sortir les relais.

Mais le voyageur qu'ils aperçurent

n'était pas le roi ; c'était un grotesque personnage coiffé d'un chapeau à larges bords, et affublé d'une énorme houppelande.

Ils faisaient un pas en arrière, quand ce voyageur cria :

— Eh ! messieurs, l'un de vous n'est-il pas M. le chevalier Jules de Bouillé ?

Le chevalier s'arrêta dans sa retraite.

— Oui, monsieur, dit-il ; c'est moi.

— En ce cas, dit l'homme à la houppelande et au chapeau à grands bords, j'ai beaucoup de choses à vous dire.

—Monsieur, dit le chevalier de Bouillé,

je suis prêt à les entendre, quoique je
n'aie pas l'honneur de vous connaître ;
mais donnez-vous la peine de descendre
de votre voiture, et d'entrer dans cette
auberge, nous ferons connaissance.

— Volontiers, monsieur le chevalier,
volontiers, cria l'homme à la houppelande.

Et il sauta de la voiture sans toucher
au marche-pied, et entra précipitamment dans l'hôtel.

Le chevalier remarqua qu'il paraissait
fort effaré.

— Ah ! monsieur le chevalier, dit l'inconnu, vous allez me donner les chevaux
que vous avez ici, n'est-ce pas ?

— Comment, les chevaux que j'ai ici?
répondit M. de Damas, tout effaré à son
tour.

— Oui, oui, vous allez me les donner...
Vous n'avez besoin de me rien cacher...
j'en suis... je sais tout?

— Monsieur, permettez-moi de vous
dire que la surprise m'empêche de vous
répondre, reprit M. de Bouillé, et que je
ne comprends pas un mot de ce que
vous voulez dire.

— Je vous répète que je sais tout,
insista le voyageur. Le roi est parti de
Paris hier au soir; mais il n'y a pas apparence qu'il ait pu poursuivre son chemin; j'en ai déjà prévenu M. de Damas,

et il a fait retirer ses postes... Le régiment de dragons s'est mutiné ; il y a eu une émeute à Clermont... J'ai eu beaucoup de peine à passer, moi qui vous parle.

— Mais, enfin, vous qui me parlez, dit M. de Bouillé avec impatience, qui êtes-vous ?

— Je suis Léonard, coiffeur de la reine... Comment, vous ne me connaissez pas ?... Imaginez-vous que c'est M. de Choiseul qui m'a emmené avec lui, malgré moi : je lui apportais les diamants de la reine et de madame Elisabeth... Et quand je pense, monsieur, que mon frère, dont j'ai le chapeau et la houppelande, ne sait pas ce que je suis devenu,

et que cette pauvre madame de l'Aage,
qui m'attendait hier pour la coiffer,
m'attend encore à l'heure qu'il est... Oh!
mon Dieu! mon Dieu! quelle histoire
que tout cela!

Et Léonard se promena à grands pas
dans la salle, levant des bras désespérés
vers le plafond.

M. de Bouillé commençait à comprendre.

— Ah! vous êtes M. Léonard, dit-il.

— Certainement, que je suis Léonard,
reprit le voyageur, retranchant, à la
manière des grands hommes, le titre que
lui avait donné le chevalier de Bouillé,
et, comme vous me connaissez mainte-

nant, vous allez me donner vos chevaux, n'est-ce pas?

— Monsieur Léonard, reprit le chevalier, s'obstinant à faire rentrer l'illustre coiffeur dans la classe ordinaire des mortels, les chevaux que j'ai ici sont au roi, et personne ne s'en servira que le roi.

— Mais puisque je vous dis qu'il n'est pas probable que le roi passe...

— C'est vrai, monsieur Léonard ; mais le roi peut passer, et, s'il passait sans trouver ses chevaux, et que je lui disse que je vous les ai donnés, peut-être me répondrait-il que je le paie d'une assez mauvaise raison.

— Comment, une mauvaise raison?

dit Léonard ; vous croyez que, dans une situation extrême comme celle où nous sommes, le roi me blâmerait d'avoir pris ses chevaux ?

Le chevalier ne put s'empêcher de sourire.

— Je ne prétends point, répondit-il, que le roi vous blâmerait d'avoir pris ses chevaux ; mais il trouverait, à coup sûr, que moi, j'ai eu tort de vous les donner.

— Ah ! fit Léonard , ah ! diable... je n'avais pas envisagé la question de ce côté-là... Vous me refusez donc les chevaux, monsieur le chevalier ?

— Positivement.

Léonard poussa un soupir.

— Mais, au moins, dit-il en revenant à la charge, vous vous emploierez pour m'en faire donner ?

— Oh ! quant à cela, mon cher monsieur Léonard, dit M. de Bouillé, je ne demande pas mieux !

En effet, Léonard était un hôte assez embarrassant : non-seulement il parlait haut, mais encore il joignait aux paroles une pantomime des plus expressives, et cette pantomime, grâce aux bords immenses de son chapeau et à la largeur démesurée de sa houppelande, prenait une forme grotesque dont le ridicule ne laissait pas que de rejaillir tant soit peu sur ses interlocuteurs.

M. de Bouillé était donc on ne peut
plus pressé de se débarrasser de Léonard.

Il fit, en conséquence, venir l'hôte du
Grand-Monarque, le pria de s'enquérir
de chevaux qui pussent conduire le
voyageur jusqu'à Dun, et, cette recom-
mandation faite, il abandonna Léonard
à sa bonne fortune, en lui disant, — ce
qui était vrai, — qu'il allait aux nouvelles.

Les deux officiers, M. de Bouillé et M.
de Raigecourt, rentrèrent effectivement
dans la ville, la traversèrent entièrement,
firent un quart de lieue sur le chemin de
Paris, ne virent, n'entendirent rien, et
commencèrent à croire, de leur côté, que

le roi, qui était de huit ou dix heures en retard, ne passerait pas. Ils s'en retournèrent à l'hôtel.

Léonard venait de partir. Onze heures sonnaient.

Déjà fort inquiets avant même d'avoir entendu ce que leur avait dit le coiffeur de la reine, ils avaient, en outre, vers neuf heures un quart, expédié une ordonnance. C'était cette ordonnance qui avait croisé les voitures à la sortie de Clermont, et que nous avons vue arriver chez M. de Damas.

Les deux officiers attendirent jusqu'à minuit.

A minuit, ils se jetèrent sur leurs lits, mais tout habillés.

A minuit et demi, ils furent réveillés par le tocsin, par le tambour, par les cris.

Ils mirent la tête à la fenêtre de l'auberge, et virent toute la ville en rumeur, courant ou plutôt se précipitant du côté de la municipalité.

Beaucoup d'hommes armés couraient dans la même direction. Ces hommes portaient, les uns des fusils de munition, les autres des fusils à deux coups; d'autres étaient simplement armés de sabres, d'épées ou de pistolets.

Les deux gentilshommes allèrent aux écuries, et commencèrent par faire sortir les chevaux du roi, qu'à tout hasard, et

pour les conserver, ils conduisirent
hors de la ville. La ville traversée, le **roi**
les trouverait là.

Puis ils revinrent chercher leurs propres chevaux, qu'ils amenèrent près des
chevaux du roi, gardés par des postillons.

Mais ces allées et ces venues avaient
excité les soupçons, et, pour sortir de
l'hôtel avec leurs propres chevaux, ils
avaient eu à soutenir une espèce de combat dans lequel deux ou trois coups de
fusil avaient été tirés sur eux.

En même temps, au milieu des cris et
des menaces, ils avaient appris que le roi
venait d'être arrêté, et conduit chez le
procureur de la commune.

Ils tinrent conseil sur ce qu'ils avaient à faire. Devaient-ils réunir les hussards, et tenter un effort pour délivrer le roi? devaient-ils monter à cheval, et prévenir le marquis de Bouillé, qu'ils rencontreraient, selon toute probabilité, à Dun, et, à coup sûr, à Stenay?

Or, Dun n'était éloigné de Varennes que de cinq lieues, Stenay n'en était distant que de huit; en une heure et demie, ils pouvaient être à Dun, en deux heures à Stenay, et marcher immédiatement sur Varennes avec le petit corps d'armée que commandait M. de Bouillé.

Ils s'arrêtèrent à ce dernier parti, et, à minuit et demi, juste comme le roi se décidait à monter dans la chambre du procureur de la commune, ils se décidèrent à abandonner le relai qui leur était confié, et partirent au grand galop pour Dun.

C'était encore un des secours immédiats sur lesquels le roi comptait, et qui échappait au roi !

# III

## Le Conseil du désespoir.

On se rappelle la situation dans laquelle s'était trouvé M. de Choiseul, commandant du premier poste, à Pont-de-Sommevelle ; voyant l'insurrection grandir autour de lui, et voulant éviter un combat, il avait dit négligemment, sans attendre le roi davantage, que, pro-

bablement , le trésor était passé et il s'é-
tait replié sur Varennes.

Seulement, pour ne point passer par
Sainte-Menehould, qui, on s'en souvient,
était tout en rumeur, il avait pris la
traverse, en ayant soin, jusqu'au moment
où il avait quitté la grande route, de ne
marcher qu'au pas, afin de donner cette
chance au courrier de le rejoindre.

Mais le courrier ne l'avait pas rejoint,
et, à Orbeval, il avait pris la traverse.

Derrière lui, Isidore passait.

M. de Choiseul croyait fermement le
roi arrêté par quelque événement im-
prévu ; d'ailleurs, s'il avait le bonheur
de se tromper, et si le roi continuait son

chemin, ne trouverait-il pas M. Dandoins à Sainte-Menehould, et M. de Damas à Clermont?

Nous avons vu ce qui était arrivé à M. Dandoins, retenu avec ses hommes à la municipalité, et à M. de Damas, obligé de fuir presque seul.

Mais ce qui nous est connu, à nous, qui planons de la hauteur de soixante ans sur cette terrible journée, et qui avons sous les yeux la relation de chacun des acteurs de ce grand drame, était encore caché à M. de Choiseul par le nuage du présent.— M. de Choiseul, qui avait pris la traverse à Orbeval, arriva donc vers la nuit au bois de Varennes, au moment même où Charny, dans une autre partie

de la forêt, s'enfonçait sous ce bois à la
poursuite de Drouet. Dans le dernier
village placé sur la lisière, c'est-à-dire à
la Neuville-au-Pont, il fut obligé de perdre une demi-heure à attendre un guide.
Pendant ce temps, le tocsin sonnait dans
tous les villages environnants, et une
arrière-garde de quatre hussards était
enlevée par les paysans. M. de Choiseul,
prévenu aussitôt, ne parvint jusqu'à eux
que par une charge à fond. Les quatre
hussards furent délivrés ; mais, à partir
de ce moment, le tocsin se fit entendre
avec rage, et ne s'arrêta plus.

Le chemin, à travers ces bois, était
extrêmement pénible, et, souvent même
dangereux. Le guide, soit à dessein, soit

sans le vouloir, égara la petite troupe ;
à chaque instant, pour gravir ou pour
descendre quelque montagne à pic, les
hussards étaient forcés de mettre pied à
terre ; par fois le chemin était si étroit,
qu'ils se trouvaient réduits à marcher un
à un. Un hussard tomba dans un précipi-
ce , et, comme, à ses cris d'appel, on reconnut qu'il n'était pas mort, ses camarades refusèrent de l'abandonner ; on per-
dit trois quarts d'heure à l'opération du
sauvetage ; ces trois quarts d'heure furent
justement ceux pendant lesquels le roi ,
arrêté, fut forcé de descendre de voiture,
et conduit chez M. Sausse.

A minuit et demi , comme MM. de
Bouillé et de Raigecourt fuyaient sur la

route de Dun, M. de Choiseul, avec ses quarante hussards, se présentait à l'autre extrémité de la ville, arrivant par son chemin de traverse.

A la hauteur du pont, il fut accueilli par un vigoureux « Qui vive ? »

Ce *qui vive* était poussé par un garde national de faction.

— France ! Lauzun-hussards ! répondit M. de Choiseul.

— On ne passe pas ! répondit le garde national.

Et il appela aux armes.

Au moment même, il se fit un grand

mouvement dans la population ; on vit
s'épaissir dans la nuit des masses
d'hommes armés, et, à la lueur des tor-
ches et des lumières apparaissant aux
fenêtres, briller des fusils par les rues.

Ne sachant point à qui il avait affaire,
ni ce qui était arrivé, M. de Choiseul vou-
lut d'abord se reconnaître. Il commença
par demander à être mis en communi-
cation avec le poste de police du détachement en station à Varennes ; cette
demande amena de longs pourparlers ;
enfin, on se décida à obtempérer au
désir de M. de Choiseul.

Mais, pendant qu'on prenait cette décision, et qu'on l'exécutait, M. de Choiseul
pouvait voir que les gardes nationaux

utilisaient leur temps, et préparaient des
moyens de défense, en faisant des abattis
d'arbres, et en braquant sur lui et ses
quarante hommes deux petites pièces de
canon. Comme le pointeur achevait sa
besogne, le poste de police des hussards
arrivait, mais démonté ; les hommes qui
le composaient ne savaient rien, sinon
que le roi, leur avait-on dit, venait d'être
arrêté et conduit à la commune. Quant
à eux, ils avaient été surpris et démontés
par le peuple ; ils ignoraient ce qu'é-
taient devenus leurs compagnons.

Comme ils achevaient de donner cette
explication, M. de Choiseul crut voir
s'avancer, au milieu de l'obscurité, une
petite troupe à cheval, et, en même

temps, il entendit crier : « Qui vive ? »

— France ! répondit une voix.

— Quel régiment ?

— Monsieur-dragons.

A ces mots, un coup de fusil retentit tiré par un garde national.

— Bon ! dit tout bas M. de Choiseul au sous-officier qui se trouvait près de lui, voilà M. de Damas et ses dragons !

Et, sans attendre davantage, se dégageant de deux hommes qui s'étaient cramponnés à la bride de son cheval, et qui lui criaient que son devoir était d'obéir à la municipalité, et de ne con-

naître qu'elle, il commanda au trot,
prit à l'improviste ceux qui voulaient
l'arrêter, força le passage, et pénétra
dans les rues, illuminées et fourmillantes
de monde.

En approchant de la maison de M.
Sausse, il aperçut la voiture du roi
dételée, puis une petite place où, en face
d'une maison de peu d'apparence sta-
tionnait une garde nombreuse.

Pour ne pas mettre sa troupe en con-
tact avec les habitants, il alla droit à la
caserne des hussards, dont il connaissait
la position.

La caserne était vide ; il y renferma
ses quarante hussards.

Comme M. de Choiseul sortait de la caserne, deux hommes venant de la maison commune l'arrêtèrent, et le sommèrent de se rendre à la municipalité.

Mais M. de Choiseul, qui était encore à portée de la voix de ses hussards, renvoya ces deux hommes en leur disant qu'il se rendrait à la municipalité quand il aurait le temps, et en ordonnant tout haut à la sentinelle de ne laisser entrer personne.

Deux ou trois gardes d'écurie étaient restés à la caserne ; M. de Choiseul les interrogea et apprit par eux que les hussards, ne sachant pas ce qu'étaient devenus leurs chefs, avaient suivi les bourgeois qui les étaient venus prendre, et, répandus par la ville, buvaient avec eux.

A cette nouvelle, M. de Choiseul rentra dans la caserne, Il en était réduit à ses quarante hommes, dont les chevaux avaient fait plus de vingt lieues dans la journée. Hommes et chevaux étaient éreintés.

Cependant, il n'y avait point à marchander avec la situation, M. de Choiseul commença par faire l'inspection des pistolets, pour voir s'ils étaient chargés ; puis il déclara en allemand aux hussards, qui, n'entendant pas un mot de français, n'avaient rien compris de ce qui se passait autour d'eux, qu'ils étaient à Varennes, que le roi, la reine et la

famille royale venaient d'être arrêtés,
qu'il s'agissait de les tirer des mains de
ceux qui les retenaient prisonniers, ou
de mourir !

La harangue était courte, mais chau-
de ; elle parut produire sur les hussards
une vive impression ; *Der Kœnig ! die
Kœnigin !* répétaient-ils avec étonnement.

M. de Choiseul ne leur laissa pas le
temps de se refroidir : il leur ordonna
de mettre le sabre à la main en les faisant rompre par quatre, et se porta au
grand trot vers la maison où il avait vu
une garde, se doutant bien que c'était
dans cette maison que le roi était prisonnier.

Là, au milieu des invectives des gardes nationaux, et sans se préoccuper de ces invectives, il plaça deux vedettes à la porte, et mit pied à terre pour entrer dans la maison.

Au moment où il allait en franchir le seuil, il se sentit toucher sur l'épaule.

Il se retourna et vit le comte Charles de Damas, dont il avait reconnu la voix répondant au *qui vive* des gardes nationaux.

Peut être M. de Choiseul avait-il un peu compté sur cet auxiliaire.

—Ah! c'est vous, dit-il; êtes-vous en force ?

— Je suis seul ou presque seul, répondit M. de Damas.

— Et comment cela ?

— Mon régiment a refusé de me suivre, et je suis ici avec cinq ou six hommes.

— Voilà un malheur... Mais n'importe ! il me reste mes quarante hussards ; voyons ce qu'il y a à faire avec eux.

Le roi recevait une députation de la commune conduite par M. Sausse.

Cette députation venait dire à Louis XVI :

— Puisqu'il n'est plus douteux pour les habitants de Varennes qu'ils ont le bonheur de posséder leur .roi, ils viennent prendre ses ordres.

— Mes ordres? répondit le roi ; faites, alors, que mes voitures soient prêtes, et que je puisse partir.

On ne sait ce qu'allait répondre à cette demande précise la députation municipale, quand on entendit le galop des chevaux de M. de Choiseul, et quand on vit, à travers les vitres, les hussards se ranger sur la place le sabre à la main.

La reine tressaillit ; un rayon de joie passa dans ses yeux.

— Nous sommes sauvés ! murmura-t-elle à l'oreille de madame Elisabeth.

— Dieu le veuille! répondit la sainte brebis royale, qui reportait tout à Dieu, bien et mal, espérance et désespoir.

Le roi se redressa et attendit.

Les officiers municipaux se regardèrent inquiets.

En ce moment, un grand bruit se fit entendre dans l'antichambre, gardée par des paysans armés de faulx. Il y eut quelques paroles échangées, puis une lutte, et M. de Choiseul, sans chapeau, l'épée à la main, apparut sur le seuil de la porte.

Au-dessus de son épaule, on voyait la tête pâle mais résolue de M. de Damas.

Il y avait dans le regard des deux
officiers une telle expression de menace,
que les députés de la commune s'écar-
tèrent, laissant libre l'espace qui sépa-
rait les nouveaux venus du roi et de la
famille royale.

Quand ils entrèrent, l'intérieur de la
chambre présentait le tableau suivant :

Au milieu était une table sur laquelle
étaient placés une bouteille de vin en-
tamée, du pain et quelques verres.

Le roi et la reine, debout, écoutaient
les députés de la commune ; près de la
fenêtre étaient madame Elisabeth et Madame Royale ; sur le lit, à moitié défait ,
dormait le Dauphin, épuisé de lassitude;
à côté de lui , madame de Tourzel était

assise, la tête appuyée dans ses deux
mains ; et, debout derrière elle, se
tenaient mesdames Brunier et de Neuville ; enfin, les deux gardes du corps et
Isidore de Charny, écrasés à la fois de
douleur et de fatigue, se perdaient au
fond, dans la pénombre, à demi-couchés
sur des chaises.

En apercevant M. de Choiseul, la reine
traversa la chambre dans toute sa longueur, et, lui prenant la main :

— Ah ! monsieur de Choiseul, dit-elle,
c'est vous ! soyez le bienvenu !

— Hélas ! madame, dit le duc, j'arrive
bien tard, il me semble.

— N'importe, si vous arrivez en bonne compagnie.

— Ah! madame, nous sommes presque seuls, au contraire : M. Dandoins a été retenu avec ses dragons à la municipalité de Sainte-Menehould, et M. de Damas a été abandonné par les siens....

La reine secoua tristement la tête.

— Mais, continua M. de Choiseul, où donc est le chevalier de Bouillé ? où donc est M. de Raigecourt ?

Et M. de Choiseul les cherchait des yeux, regardant tout autour de lui.

Pendant ce temps, le roi s'était approché.

— Je n'ai pas seulement aperçu ces messieurs, dit-il.

—Sire , dit M. de Damas , je vous donne ma parole d'honneur que je les croyais tués devant les roues de votre voiture...

— Que faire ? demanda le roi.

—Vous sauver, Sire ! dit monsieur de Damas. Donnez vos ordres.

— Sire, reprit monsieur de Choiseul, j'ai ici quarante hussards ; ils ont fait vingt lieues dans leur journée ; mais ils iront bien encore jusqu'à Dun.

—Mais nous ? demanda le roi.

—Écoutez, Sire, répondit M. de Choi-

seul, voici je crois la seule chose qu'il
y ait à faire. J'ai quarante hussards,
comme je vous l'ai dit; j'en démonte
sept: vous monterez sur un des chevaux
tenant le Dauphin dans vos bras; la reine
montera le second cheval; madame Elisabeth, le troisième; Madame Royale, le
quatrième; mesdames. de Tourzel, de
Neuville et Brunier, que vous ne voulez
pas abandonner en feront autant... Nous
vous entourerons avec les trente-trois
hussards restés à cheval; nous nous
ferons jour à coups de sabre, et ainsi
nous aurons une chance de salut! Mais
réfléchissez bien, Sire, que c'est une
mesure à adopter à l'instant même, si
vous l'adoptez; car, dans une heure,
dans une demi heure, dans un quart-

d'heure peut-être, mes hussards seront gagnés.

M. de Choiseul se tut attendant la réponse du roi ; la reine paraissait adhérer au projet,et, les yeux fixés sur Louis XVI, l'interrogeait ardemment du regard.

Mais lui, au contraire, semblait fuir les yeux de la reine, et l'influence qu'elle pouvait prendre sur lui

Enfin, regardant M. de Choiseul en face.

— Oui, dit-il, je sais bien que c'est un moyen, et même le seul peut-être... Mais pouvez-vous me répondre que, dans cette inégale bagarre de trente-trois hommes contre sept ou huit cents, un coup de fusil ne tuera point ou mon fils ou ma fille, ou la reine ou ma sœur?

— Sire, répondit M. de Choiseul, si un pareil malheur arrivait, et arrivait parce que vous auriez cédé à mon conseil, je n'aurais plus qu'à me tuer aux yeux de Votre Majesté.

— Eh bien, alors, dit le roi, au lieu de nous laisser emporter à tous ces projets extrêmes, raisonnons froidement.

La reine poussa un soupir, et fit deux ou trois pas en arrière.

Dans ce moment, où elle ne dissimulait point son regret, elle rencontra Isidore, qui, attiré par le bruit de la rue, et espérant toujours que ce bruit était occasionné par l'arrivée de son frère, s'était approché de la fenêtre.

Ils échangèrent tout bas deux ou trois mots, et Isidore s'élança hors de la chambre.

Le roi continua, sans paraître avoir remarqué ce qui venait de se passer entre Isidore et la reine.

— La municipalité, dit-il, ne refuse pas de me laisser passer; elle demande seulement que j'attende ici la pointe du jour. Je ne parle pas du comte de Charny, qui nous est si profondément dévoué, et dont nous n'avons pas de

nouvelles; mais le chevalier de Bouillé
et M. de Raigecourt sont partis, à ce
que l'on m'a assuré, dix minutes après
mon arrivée, pour prévenir le marquis
de Bouillé, et faire marcher les troupes,
qui sont sûrement prêtes. Si j'étais seul,
je suivrais votre conseil, et je passerais;
mais, la reine, mes deux enfants, ma
sœur, ces dames, il est impossible de
risquer autant avec le peu de monde
que vous avez, et dont il faudrait encore
démonter une partie, car je ne partirai
certes pas en laissant ici mes trois gardes
du corps. — Il tira sa montre. — Il est
bientôt trois heures... le jeune Bouillé
est parti à minuit et demie... son père a
bien certainement échelonné des troupes
de distance en distance; les premières

seront averties par le chevalier; elles
arriveront successivement. Il n'y a que
huit lieues d'ici à Stenay ; dans l'espace
de deux heures ou deux heures et demie;
un homme les peut faire à cheval ; il arrivera donc des détachements toute la
nuit ; vers cinq ou six heures, le marquis
de Bouillé pourra donc être ici de sa
personne ; et, alors, sans aucun danger
pour ma famille, sans aucune violence,
nous quitterons Varennes, et continue-
rons notre chemin.

M. de Choiseul reconnaissait la logique de ce raisonnement, et, cependant,
son instinct lui disait qu'il y a certains
moments où il ne faut pas écouter la
logique.

Il se retourna donc vers la reine, et, du regard, sembla la supplier de lui donner d'autres ordres, ou du moins d'obtenir du roi qu'il révoquât ceux qu'il venait de donner.

Mais, elle, secouant la tête :

— Je ne veux rien prendre sur moi, dit-elle ; c'est au roi de commander ; mon devoir, à moi, est d'obéir. D'ailleurs, je suis de l'avis du roi : M. de Bouillé ne peut tarder à arriver.

M. de Choiseul s'inclina et fit quelques pas en arrière, entraînant M. de Damas, avec lequel il avait besoin de se concerter, et faisant signe aux deux gardes du corps de venir prendre part au conseil qu'ils allaient tenir.

# IV

Pauvre Catherine.

La chambre avait un peu changé d'aspect.

Madame Royale n'avait pu résister à la fatigue, et madame Elisabeth et madame de Tourzel l'avaient couchée près de son frère.

Elle s'était endormie.

Madame Elisabeth se tenait au pied du lit, la tête appuyée contre un des angles.

La reine, crispée de colère, était debout près de la cheminée, regardant alternativement le roi, qui s'était assis sur un ballot de marchandises, et les quatre officiers, qui délibéraient près de la porte.

Une femme octogénaire était à genoux, comme devant un autel, auprès du lit où dormaient les deux enfants ; c'était la grand'mère du procureur de la commune, qui, frappée de la beauté des deux enfants et de l'air imposant de la reine était tombée à genoux, fondait en larmes, et priait tout bas.

Quelle était la prière qu'elle adressait à Dieu? Etait-ce que Dieu pardonnât à ces deux anges, ou que ces deux anges pardonnassent aux hommes ?

M. Sausse et les officiers municipaux s'étaient retirés, promettant au roi que les chevaux allaient être mis à la voiture.

Mais le regard de la reine disait parfaitement qu'elle ne faisait aucun fond sur cette promesse. Aussi M. de Choiseul disait-il à M. de Damas, à M. de Floirac et à M. Foucq, qui l'avaient suivi, ainsi qu'aux deux gardes du corps.

— Messieurs, ne nous arrêtons point à la feinte tranquillité du roi et de la reine ; la question n'est point désespérée ; mais envisageons-là telle qu'elle est.

Les officiers firent signe qu'ils écoutaient, et que M. de Choiseul pouvait parler.

— Il est probable qu'à l'heure qu'il est, M. de Bouillé est averti, et qu'il arrivera ici entre cinq et six heures du matin, puisqu'il doit être entre Dun et Stenay avec un détachement de Royal-Allemand ; il est même possible que son avant-garde soit ici une demi-heure avant lui, car, dans les circonstances comme celles où nous sommes, tout ce qui est possible doit être exécuté. Mais il ne faut

pas nous dissimuler que quatre ou cinq
mille hommes nous entourent, et que le
moment où on apercevra les troupes de
M. de Bouillé sera celui d'un danger im-
minent et d'une effervescence épouvanta-
ble... On voudra entraîner le roi hors de
Varennes ; on essaiera de le faire monter
à cheval, et de l'emmener à Clermont; on
menacera sa vie ; on y attentera peut-
être... Mais ce danger, messieurs, continua M. de Choiseul, ne durera qu'un instant, et, aussitôt la barrière forcée, aussitôt les hussards dans la ville, la déroute
sera complète. C'est donc dix minutes à
peu. près qu'il nous faudra tenir ; nous
sommes dix; avec la disposition des loca-
lités, nous pouvons espérer qu'on ne nous
tuera guère qu'un homme par minute;

en conséquence, nous avons le temps !

Les auditeurs se contentèrent de faire un signe de tête affirmatif ; le dévoue-ment qui allait jusqu'à la mort, proposé simplement, était accepté avec la même simplicité.

— Eh bien ! messieurs, je crois que voici ce qu'il y aura à faire, continua M. de Choiseul : aux premiers coups de feu que nous entendrons, aux premiers cris qui retentiront au dehors , nous nous précipiterons dans la première chambre; nous tuerons tout ce qui s'y trouvera, et nous nous emparerons de l'escalier et des fenêtres. Il y a trois fenêtres ; trois de nous les défendront ; les sept autres s'étageront dans l'escalier, que sa dispo-

sition en coquille rend facile à défendre,
puisqu'un homme seul peut y faire face
à cinq ou six assaillants ; les cadavres
même de ceux d'entre nous qui seront
tués serviront de rempart aux autres. Il
y a donc cent à parier contre un que les
troupes seront maîtresses de la ville avant
que nous soyons égorgés jusqu'au dernier ; et, dussions-nous l'être, la place
que nous occuperons alors dans l'histoire
sera une assez belle récompense de notre
dévouement.

Les jeunes gens se serrèrent la main
comme durent faire les Spartiates au
moment du combat ; puis chacun arrêta
son poste de bataille : les deux gardes et
Isidore de Charny, dont on gardait la

place, quoiqu'il fût absent, aux trois fenêtres donnant sur la rue ; M. de Choiseul au bas de l'escalier ; puis, après lui,
le comte de Damas ; puis M. de Floirac,
M. Foucq et les deux autres sous-officiers
du régiment de dragons qui étaient restés fidèles à M. de Damas.

Au moment où ces dispositions venaient d'être arrêtées, une certaine rumeur se fit entendre dans la rue.

C'était une seconde députation se composant de Sausse, qui paraissait être l'é-
lément premier de toutes les députations,
du commandant de la garde nationale
Hannonet, et de trois ou quatre officiers
municipaux.

Ils se firent annoncer, et le roi, qui

croyait qu'ils venaient lui dire que les chevaux étaient enfin à la voiture, ordonna qu'ils fussent introduits.

Ils entrèrent. Les jeunes officiers, qui interprétaient tout geste, tout signe, tout mouvement, crurent remarquer sur la physionomie de Sausse une hésitation, et sur le front d'Hannonet une volonté arrêtée qui ne leur semblèrent pas de bon augure.

En même temps, Isidore de Charny remonta, dit tout bas quelques mots à la reine, et redescendit précipitamment.

La reine fit un pas en arrière, et se soutint toute pâlissante au lit où dormaient ses enfants.

Quant au roi, il interrogeait des yeux les envoyés de la commune, et attendait qu'ils lui adressassent la parole.

Mais ceux-ci, sans parler, s'inclinèrent devant le roi. Louis XVI fit semblant de se méprendre à leur intention.

— Messieurs, dit-il, les Français ne sont qu'égarés, et leur attachement pour le roi est réel ; aussi, fatigué des outrages continuels que j'éprouve dans ma capitale, c'est au fond de mes provinces, où vit encore la flamme sacrée du dévouement, que je suis décidé à me retirer... Là, je suis assuré de retrouver l'ancien amour de mon peuple pour ses souverains.

Les envoyés s'inclinèrent de nouveau.

— Et la preuve de ma confiance dans mon peuple, je suis prêt à la donner, continua le roi. Ainsi, je vais prendre ici moitié hommes de la garde nationale, moitié troupes de ligne, et cette escorte m'accompagnera jusqu'à Montmédy, où je suis décidé à me retirer. En conséquence, commandant, je vous prie de choisir vous-même les hommes qui m'accompagneront parmi ceux de votre garde nationale, et de faire atteler les chevaux à ma voiture.

Il se fit un moment de silence pendant lequel, sans doute, Sausse attendait qu'Hannonet parlât, et où Hannonet attendait que Sausse prît la parole.

Enfin, Hannonet s'inclinant, répondit :

— Sire, ce serait avec le plus grand
bonheur que j'obéirais aux ordres de
Votre Majesté ; mais il y a un article de
la constitution qui défend au roi de sortir du royaume, et aux bons Français de
l'aider dans sa fuite.

Le roi tressaillit.

—En conséquence, continua Hannonet,
faisant un signe de la main pour engager
le roi à le laisser achever, en conséquence, la municipalité de Varennes a décidé
qu'avant de permettre que le roi passât
outre, elle enverrait un courrier à Paris,
et attendrait la réponse de l'Assemblée
nationale.

Le roi sentit la sueur perler sur son

front, tandis que la reine mordait d'impatience ses lèvres pâles, et que madame Elisabeth levait les mains et les yeux vers le ciel.

— Holà ! messieurs, dit le roi avec une certaine dignité qui lui revenait quand il était poussé à bout, est-ce que je ne suis plus le maître d'aller où il me convient ? En ce cas, je suis plus esclave que le dernier de mes sujets !

— Sire, répondit le commandant de la garde nationale, vous êtes toujours le maître... Seulement, tous les hommes, roi et simple citoyen, sont engagés par leur serment... Vous avez fait serment : obéissez le premier à la loi, Sire ; c'est non-seulement un grand exemple à donner, mais encore un noble devoir à suivre.

Pendant ce temps, M. de Choiseul consultait des yeux la reine, et, sur sa réponse affirmative à la question muette qu'il lui faisait, il descendit à son tour.

Le roi comprit que, s'il subissait sans résistance cette rebellion, — et, à son point de vue, c'était une rebellion d'une municipalité de village, — il était perdu.

D'ailleurs, il reconnaissait ce même esprit révolutionnaire que Mirabeau avait voulu combattre en province, et qu'il avait déjà vu se dresser devant lui à Paris, le 14 Juillet, les 5 et 6 Octobre, et le 18 Avril, — ce jour où le roi, pour faire un essai de sa liberté, avait voulu aller à Saint-Cloud, et en avait été empêché par le peuple.

— Messieurs, dit-il, ceci est de la violence ; mais je ne suis pas aussi isolé que je le parais : j'ai, là, devant la porte, une quarantaine d'hommes fidèles, et, autour de Varennes, dix-mille soldats. Je vous ordonne donc, monsieur le commandant, de faire atteler sur-le-champ les chevaux à ma voiture... Vous entendez, je vous l'ordonne ! je le veux !

La reine s'approcha du roi, et, tout bas :

— Bien ! bien ! Sire dit-elle, risquons-y notre vie ; mais n'abandonnons pas notre honneur et notre dignité !

— Et, si nous refusons d'obéir à Votre Majesté, dit le commandant de la garde nationale, qu'en résultera-t-il?

— Il en résultera, monsieur, que j'en appellerai à la force, et que vous serez responsable du sang que je refusais de faire couler, et qui, dans ce cas, sera versé, en réalité, par vous.

— Eh bien, soit, Sire, dit le commandant; essayez d'en appeler à vos hussards; moi, je vais en appeler à la garde nationale.

Et il descendit à son tour.

Le roi et la reine se regardèrent presque effrayés; peut-être ni l'un ni l'autre n'eût-il risqué un effort suprême, si, écartant sa grand'mère, qui continuait de prier au pied du lit, la femme du procureur Sausse ne se fût approchée, et n'eût dit à la reine avec la rudesse et la franchise de la femme du peuple :

— Ah çà ! madame, vous êtes bien la reine, n'est-ce pas ?

La reine se retourna, se sentant mordue dans sa dignité par cette interpellation plus que familière.

— Mais oui, dit-elle, à ce que je croyais du moins, il y a une heure encore.

— Eh bien, si vous êtes la reine, continua madame Sausse sans se troubler, on vous donne vingt-quatre millions pour tenir votre place... la place est bonne, ce me semble, étant bien payée ; pourquoi donc la voulez-vous quitter ?

La reine jeta un cri de douleur, et, se retournant vers le roi :

— Oh ! monsieur, dit-elle, tout, tout, tout, plutôt que de pareilles indignités !

Et, prenant le Dauphin, tout endormi, sur son lit, elle courut à la fenêtre, et, l'ouvrant :

— Monsieur, dit-elle, montrons-nous à ce peuple, et voyons s'il est entièrement gangrené... En ce cas, appelons-en aux soldats, et encourageons-les de la voix et du geste. C'est bien le moins que

méritent ceux qui vont mourir pour
nous !

Le roi la suivit machinalement, et parut avec elle sur le balcon.

Toute la place sur laquelle plongeaient
les regards de Louis XVI et de Marie-Antoinette présentait le spectacle d'une vive
agitation.

La moitié des hussards de M. de Choiseul était à pied, l'autre à cheval. Ceux
qui étaient à pied, entraînés, perdus,
noyés au milieu des groupes de bourgeois, laissaient ceux-ci entraîner leurs
chevaux dans toutes les directions : ils
étaient déjà gagnés à la nation ; les autres, qui étaient à cheval, paraissaient

encore soumis à M. de Choiseul, qui les haranguait en allemand ; mais ils montraient à leur colonel la moitié de leurs compagnons qui faisaient défaut.

A part, Isidore de Charny, son couteau de chasse à la main, semblait, étranger à toute cette bagarre, attendre un homme comme un chasseur à l'affût attend le gibier.

Le cri : « Le roi ! le roi ! » retentit aussitôt, poussé par cinq cents bouches.

C'étaient, en effet, le roi et la reine qui paraissaient à la fenêtre ; la reine, comme nous l'avons dit, tenant le Dauphin dans ses bras.

Si Louis XVI eût été vêtu royalement

ou militairement ; s'il eût tenu à la main
un sceptre ou une épée ; s'il eût parlé de
cette voix forte et imposante qui, à cette
époque, semblait encore au peuple la
voix de Dieu ou de son envoyé descendu
du ciel, peut-être eût-il obtenu sur cette
multitude l'influence qu'il espérait y
prendre.

Mais le roi, au jour naissant, à la lueur
de ce crépuscule bâtard qui enlaidit la
beauté même, le roi, habillé en valet,
avec son habit gris, sans poudre, coiffé
de cette ignoble petite perruque que
nous avons dite, le roi pâle, gras, avec sa
barbe de trois jours, ses grosses lèvres,
son œil terne n'exprimant aucune idée,
ni celle de la tyrannie, ni celle de la pa-

ternité ; le roi ; bégayant alternativement ces deux mots : « Messieurs... mes
enfants .... » Ah! ce n'était point là ce
qu'attendaient à ce balcon les amis de la
royauté, et même ses ennemis.

Et, cependant, M. de Choiseul cria :
« Vive le roi! » Isidore de Charny cria :
« Vive le roi! » Et tel était encore le pres-
tige de la royauté, que, malgré cet aspect qui répondait si mal à l'idée que
l'on s'était faite du chef d'un grand royaume, quelques voix dans la foule répétèrent : « Vive le roi! »

Mais un cri répondit, poussé par le
chef de la garde nationale, qui fut bien
autrement répété et eut un bien plus
puissant écho ; c'était le cri de : « Vive
la Nation! »

Ce cri, à cette heure, était une rébellion, et le roi et la reine purent voir qu'il avait été poussé par une partie des hussards.

Marie-Antoinette, à son tour, jeta une espèce de cri de rage, et, serrant contre sa poitrine le Dauphin, pauvre enfant ignorant de la grandeur des événements qui se passaient, elle se pencha en dehors du balcon en mâchant entre ses dents, et en crachant à la foule ce mot :

— Misérables !...

Quelques-uns l'entendirent, et répondirent par des menaces.

La place n'était plus qu'un grand tumulte et qu'une immense clameur.

M. de Choiseul, désespéré, voulait se faire tuer ; il tenta un dernier effort.

— Hussards ! cria-t-il, au nom de l'honneur, sauvez le roi !

Mais, en ce moment, au milieu d'une vingtaine d'hommes armés, un nouvel acteur s'élança en scène.

C'était Drouet, sortant de la municipalité, où il avait fait prendre la décision d'empêcher que le roi continuât son chemin.

— Ah ! s'écria-t-il en marchant sur M. de Choiseul, vous voulez enlever le roi ?... Eh bien, c'est moi qui vous le dis vous ne l'aurez que mort !

M. de Choiseul fit à son tour un pas sur Drouet, le sabre levé.

Mais le commandant de la garde nationale était là.

— Si vous faites un pas de plus, dit-il à M. de Choiseul, je vous tue !

A ces mots, un homme s'élança, sans que menaces ni groupes pussent l'arrêter.

C'était Isidore de Charny ; l'homme qu'il guettait, c'était justement Drouet.

— Arrière ! arrière ! cria-t-il en fendant la foule du poitrail de son cheval ; cet homme m'appartient !

X. 7

Et, le couteau de chasse haut, il fondit sur Drouet.

Mais, au moment où il allait le joindre, deux coups de feu partirent à la fois : un coup de pistolet et un coup de fusil.

La balle du pistolet s'applatit sur la clavicule d'Isidore.

La balle du fusil lui traversa la poitrine !

Les deux coups étaient tirés de si près, que le malheureux se trouva littéralement enveloppé d'une vague de flamme, et d'un nuage de fumée.

On le vit étendre les bras, et on l'entendit murmurer :

— Pauvre Catherine !

Puis, laissant échapper le couteau de chasse, il tomba à la renversé sur la croupe de son cheval, et, de la croupe de son cheval, roula à terre.

La reine poussa un cri terrible ; elle faillit laisser glisser le Dauphin de ses bras, et se rejeta en arrière, ne voyant pas un nouveau cavalier qui arrivait à toute bride du côté de Dun, et s'engageait, pour ainsi dire, dans le sillage que venait de tracer au milieu de la foule le passage du pauvre Isidore.

Derrière la reine le roi rentra et ferma la fenêtre.

Ce n'était plus quelques voix seulement qui criaient : « Vive la Nation ! »

cè n'était plus seulement les hussards à pied ; c'était la foule tout entière, et, avec cette foule, les vingt hussards restés les derniers fidèles, — seule espérance de la royauté en détresse !

La reine alla se jeter sur un fauteuil, la tête dans ses mains, en pensant qu'elle venait de voir tomber pour elle et à ses pieds, Isidore de Charny, comme elle avait vu tomber Georges.

Mais, tout à coup, il se fit à la porte un grand bruit qui la força de lever les yeux.

Ce qui se passa en une seconde dans ce cœur de femme et de reine, nous n'essaierons pas de le rendre.

Olivier de Charny, pâle et tout sanglant du dernier embrassement de son
frère, était debout au seuil de la porte.

Quant au roi, il semblait anéanti.

# V

## Charny.

La chambre était pleine de gardes nationaux et d'étrangers que la curiosité
avait amenés là.

La reine fut donc retenue dans son
premier mouvement, qui eût été de se
jeter au-devant de Charny, d'effacer

avec son mouchoir ce sang dont il était
couvert, et de lui dire quelques-unes de
ces paroles consolantes qui, parties du
cœur, arrivent au cœur.

Mais elle ne put que se soulever sur
son siége, étendre le bras vers lui, et
murmurer :

— Olivier...

Lui, sombre et calme, fit un signe aux
assistants étrangers, et, d'une voix douce
et ferme :

— Pardon, messieurs, dit-il, il faut
que je parle à Leurs Majestés.

Les gardes nationaux essayèrent de

répondre qu'ils étaient là, au contraire,
pour empêcher que le roi n'eût de com-
munication, avec personne du dehors;
Charny serra ses lèvres pâles, fronça le
sourcil, ouvrit sa redingote, qui, en s'ouvrant, laissa voir une paire de pistolets,
et répéta d'une voix peut-être plus douce
encore que la première fois, mais, par
cela même, plus menaçante :

— Messieurs, j'ai déjà eu l'honneur de
vous dire que j'avais à parler en parti-
culier au roi et à la reine.

Et, en même temps, il faisait, de la
main, signe aux étrangers de sortir.

A cette voix et à cette puissance que
Charny, en l'exerçant sur lui-même,

exerçait sur les autres, M. de Damas et
les deux gardes du corps reprirent toute
leur énergie un moment altérée, et,
poussant devant eux gardes nationaux
et curieux, firent évacuer la chambre.

Alors, la reine comprit de quelle utilité un pareil homme eût été dans la
voiture du roi, si l'étiquette n'eût point
exigé que madame de Tourzel y mon-
tât à sa place.

Charny regarda autour de lui, afin de
s'assurer qu'il ne restait, pour le moment, près de la reine que de fidèles
serviteurs, et, s'approchant d'elle :

— Madame, dit-il, me voici..... J'ai
soixante-dix hussards à la porte de la

ville ; je crois pouvoir compter sur eux. Qu'ordonnez-vous de moi ?

— Oh ! d'abord, dit la reine en allemand, que vous est-il arrivé, mon pauvre Charny ?

Charny fit signe à la reine que M. de Malden, était là et qu'il parlait allemand.

— Hélas ! hélas ! reprit la reine en français, ne vous voyant pas, nous vous avons cru mort !

— Malheureusement, madame, répondit Charny avec une mélancolie profonde, ce n'est pas encore moi qui suis mort... c'est mon pauvre frère Isidore qui l'est !

Il ne put retenir une larme.

— Mais, murmura-t-il à voix basse, mon tour viendra !

— Charny ! Charny ! je vous demande ce qui vous est arrivé, dit la reine, et pourquoi vous avez disparu ainsi.

Puis elle ajouta à demi-voix et en allemand :

— Olivier, vous nous avez fait bien faute... à moi surtout !

Charny s'inclina.

— Je croyais, dit-il, que mon frère avait dû apprendre à Votre Majesté la cause qui m'avait momentanément éloigné d'elle.

— Oui, je sais... vous poursuiviez cet

homme, ce malheureux Drouet, et un instant nous avons craint qu'il ne vous fût arrivé malheur dans cette poursuite.

— Il m'est arrivé un grand malheur, en effet... Malgré tous mes efforts, je n'ai pu le rejoindre à temps ; un postillon de retour lui a appris que les voitures de Votre Majesté, qu'il croyait suivre la route de Verdun, avaient pris celle de Varennes. Alors, il s'est jeté dans les bois d'Argonne ; j'ai tiré deux coups de pistolet sur lui, les pistolets n'étaient point chargés ! je m'étais trompé de cheval à Sainte-Menehould, j'avais pris celui de M. Dandoins au lieu du mien... Que voulez-vous, madame ? une fatalité !... Je ne l'en ai pas moins poursuivi dans la forêt; mais j'en ignorais les routes, lui en connaissait jusqu'aux moindres sentiers; puis l'obscurité devenait à chaque instant plus épaisse... Tant que j'ai pu le voir, je l'ai poursuivi à la vue comme on poursuit une ombre; tant que j'ai pu l'entendre, je l'ai poursuivi au bruit; mais le bruit s'est éteint, comme l'ombre s'était évanouie, et je me suis trouvé seul, perdu au milieu de la forêt, égaré dans les ténèbres... Oh! madame, je suis un homme, vous me connaissez, — dans ce moment-ci... je ne pleure pas! — eh bien, au milieu de cette forêt, de cette obscurité, j'ai versé des larmes de colère, j'ai jeté des cris de rage!

La reine lui tendit la main.

Charny s'inclina et toucha cette main tremblante du bout de ses lèvres.

— Mais personne ne m'a répondu, continua Charny ; j'ai erré toute la nuit, et, au jour, je me suis trouvé près du village de Gèves, sur la route de Varennes à Dun. Aviez-vous eu le bonheur d'échapper à Drouet, comme il m'avait échappé? C'était chose possible ; alors, vous aviez traversé Varennes, et il était inutile que j'y allasse.... Aviez-vous été arrêtés à Varennes ? alors, j'étais seul, et mon dévoûment vous était inutile. Je résolus de continuer ma route vers Dun. Un peu en avant de la ville, je rencontrai M. Deslon et cent hussards. M. Deslon était inquiet, mais il n'avait aucune nouvelle; seulement, il avait vu passer, fuyant à toute bride du côté de Stenay, M. de Bouillé et M. de Raigecourt. Pourquoi ne lui avaient-ils rien dit? sans doute, ils se défiaient de lui. Mais, moi, je connaissais M. Deslon comme un bon et loyal gentilhomme; je devinai que Votre Majesté avait été arrêtée à Varennes, que MM. de Bouillé et de Raigecourt avaient pris la fuite, et allaient prévenir le général. Je dis tout à M. Deslon; je l'adjurai de me suivre avec ses hussards, ce qu'il fit à l'instant même en laissant toutefois trente de ses hommes pour garder le pont de la Meuse. Une heure après, nous étions à Varennes, nous avions fait quatre lieues en une heure! Je voulais commencer immédiatement l'attaque, tout

renverser pour arriver jusqu'au roi et à
Votre Majesté. Nous trouvâmes barricades sur barricades ; essayer de les franchir eût été une folie. Alors, j'essayai de
parlementer. Un poste de garde nationale
se présenta : je lui demandai la permission de réunir mes hussards à ceux qui
étaient dans la ville : cette permission
me fut refusée ; je demandai à venir
prendre les ordres du roi, et, comme on
s'apprêtait à me refuser sans doute cette
seconde demande ainsi qu'on m'avait
refusé la première, je piquai mon cheval, je franchis le première barricade,
puis la deuxième... Guidé par les rumeurs, j'accourus au galop, et j'arrivai
sur la place au moment où Votre Majesté, se rejetant en arrière, abandonnait

x. 8

le balcon... Et, maintenant, continua Charny, j'attends les ordres de Votre Majesté.

La reine serra encore une fois les mains de Charny dans les siennes. Puis, se retournant vers le roi, plongé toujours dans la même torpeur :

— Sire, dit-elle, avez-vous entendu ce que vient de dire votre fidèle serviteur, le comte de Charny ?

Mais le roi ne répondit pas.

Alors, la reine, se levant, alla à lui.

— Sire, dit-elle, il n'y a pas de temps à perdre, et, par malheur, nous n'avons

déjà perdu que trop de temps... Voici
M. de Charny, qui dispose de soixante-
dix hommes sûrs, à ce qu'il prétend,
et qui demande vos ordres,

Le roi secoua la tête;

— Sire, au nom du ciel, dit la reine,
vos ordres !

Et Charny implorait du regard, tandis
que la reine implorait de la voix.

— Mes ordres? répéta le roi; je n'ai
pas d'ordres à donner; je suis prisonnier. Faites tout ce que vous croirez pouvoir faire.

— Bien, dit la reine, voilà tout ce que
nous vous demandons.

Et, tirant Charny en arrière :

— Vous avez carte blanche, reprit-elle. Faites, comme vous a dit le roi, tout ce que vous croirez pouvoir faire.

Puis, elle ajouta tout bas :

— Mais faites vite et agissez avec vigueur, ou nous sommes perdus !

— C'est bien, madame, dit Charny ; laissez moi conférer un instant avec ces messieurs, et ce que nous déciderons sera exécuté immédiatement.

En ce moment, M. de Choiseul entra.

Il tenait à la main quelques papiers

enveloppés dans un mouchoir ensan-
glanté.

Il les tendit sans rien dire à Charny.

Le comte comprit que c'étaient les papiers trouvés sur son frère.

Il avança la main pour recevoir le
sanglant héritage, approcha le mouchoir
de ses lèvres, et le baisa.

La reine ne put retenir un sanglot.

Mais Charny ne se retourna même
pas, et, mettant les papiers sur sa poitrine :

— Messieurs, dit-il, pouvez-vous m'aider dans le dernier effort que je vais tenter?

— Nous sommes prêts à y sacrifier notre vie! répondirent les jeunes gens.

—Croyez-vous pouvoir répondre d'une douzaine d'hommes restés fidèles?

— Nous sommes déjà huit ou neuf.

— Eh bien! je retourne auprès de mes soixante-dix hussards. Pendant que j'attaque les barricades de front, vous faites une diversion par derrière; à la faveur de cette diversion, je force les barricades, et, avec nos deux troupes réunies, nous pénétrons jusqu'ici, et nous enlevons le roi.

Les jeunes gens, pour toute réponse,
tendirent la main au comte de Charny.

Alors, celui-ci se retourna vers la reine.

— Madame, lui dit-il, dans une heure,
Votre Majesté sera libre ou je serai mort.

— Oh! comte! comte! ne prononcez
pas ce mot, il fait trop de mal!

Olivier se contenta de s'incliner en
confirmation de sa promesse, et, sans
s'inquiéter d'un nouveau bruit et de nouvelles rumeurs qui venaient d'éclater, et
qui avaient paru s'engouffrer dans la
maison, il marcha vers la porte.

Mais, au moment où il mettait la main

sur la clef, la porte s'ouvrit et donna entrée à un nouveau personnage qui allait
se mêler à l'intrigue déjà si compliquée
de ce drame.

C'était un homme de quarante à qua-
rante-deux ans, au visage sombre et sé-
vère ; son col rejeté sur ses épaules, son
habit ouvert, ses yeux rougis par la fatigue, ses vêtements poudreux, indi-
quaient que lui aussi, poussé par quelque violente passion, venait de faire une
course acharnée.

Il portait une paire de pistolets passés
à sa ceinture, et un sabre pendu à son
côté.

Haletant, presque sans voix au mo-

ment où il ouvrit la porte, il parut rassuré seulement en reconnaissant le roi et
la reine. Un sourire de vengeance satis-
faite passa sur son visage, et, sans s'inquiéter des personnages secondaires qui
occupaient les profondeurs de la chambre, de la porte même, qu'il fermait
presque entièrement avec sa puissante
stature, il étendit la main en disant :

— Au nom de l'Assemblée nationale,
vous êtes tous mes prisonniers !

Par un mouvement aussi rapide que la
pensée, M. de Choiseul s'élança en avant,
un pistolet à la main, et étendit le bras à
son tour, pour brûler la cervelle à ce
nouveau venu, qui paraissait dépasser
en insolence et en résolution tout ce que
l'on avait vu jusque-là.

Mais, par un mouvement plus rapide encore, la reine arrêta cette main menaçante en disant à demi-voix à M. de Choiseul :

— N'avancez pas notre perte, monsieur... de la prudence ! Avec tout cela, nous gagnons du temps, et M. de Bouillé ne peut être loin.

—Oui, vous avez raison, madame, répondit M. de Choiseul.

Et il renfonça son pistolet dans sa poitrine.

La reine jeta un coup-d'œil sur Charny, étonnée, dans ce péril nouveau, de ne pas l'avoir vu se jeter en avant; mais,

chose étrange ! Charny semblait désirer
de ne pas être vu du nouvel arrivé, et,
pour échapper sans doute à ses regards,
il venait de s'enfoncer dans l'angle le
plus obscur de l'appartement.

Cependant, la reine, qui connaissait le
comte, se douta bien qu'au moment où il
le faudrait, il sortirait à la fois de cette
ombre et de ce mystère.

# VI

## Un ennemi de plus.

Toute cette scène de M. de Choiseul menaçant l'homme qui parlait au nom de l'Assemblée nationale, s'était passée sans que celui-ci eût même paru remarquer qu'il venait d'échapper à un danger de mort.

D'ailleurs, il semblait occupé d'un sentiment bien autrement puissant sur son cœur que le sentiment de la crainte. Il n'y avait pas à se méprendre à l'expression de son visage : c'était celui du chasseur qui voit, enfin, réunis et entassés dans la même fosse, où ils sont sa proie, le lion, la lionne et les lionceaux qui ont dévoré son unique enfant.

Cependant, à ce mot de *prisonniers* qui avait fait bondir M. de Choiseul, le roi s'était soulevé.

— Prisonniers ! prisonniers ; au nom de l'Assemblée nationale ! que voulez-vous dire ? Je ne vous comprends pas.

— C'est bien simple, pourtant, ré-

pondit l'homme, et facile à comprendre.
Malgré le serment que vous aviez fait de
ne pas quitter la France, vous vous êtes
enfui nuitamment, trahissant votre parole, trahissant la Nation, trahissant le
peuple; de sorte que la Nation a crié :
« Aux armes ! » de sorte que le Peuple
s'est soulevé, et que Peuple et Nation
vous disent par la voix d'un de vos derniers sujets, laquelle, pour venir d'en
bas, n'en est pas moins puissante : « Sire!
au nom du Peuple, au nom de la Nation,
au nom de l'Assemblée nationale, vous
êtes mon prisonnier! »

Dans la chambre voisine, une rumeur
d'approbation accompagnée ou plutôt
suivie de bravos frénétiques retentit,

— Madame! madame! murmura M. de
Choiseul à l'oreille de la reine, vous
n'oublierez pas que c'est vous qui m'a-
vez arrêté, et que, sans la pitié que vous
avez eue de cet homme, vous ne subiriez
pas une pareille offense...

— Tout cela ne sera rien, si nous
nous vengeons! dit tout bas la reine.

— Oui, reprit M. de Choiseul; mais, si
nous ne nous vengeons pas?...

La reine poussa un gémissement
sourd et douloureux.

Mais la main de Charny s'étendit lentement par-dessus l'épaule de M. de
Choiseul, et alla toucher le bras de la
reine.

Marie-Antoinette se retourna vivement.

— Laissez dire et faire cet homme, souffla tout bas le comte ; c'est moi qui me charge de lui...

Cependant, le roi, tout étourdi du nouveau coup qui lui était porté, regardait avec étonnement le sombre personnage qui, au nom de l'Assemblée, de la Nation et du Peuple, venait de lui parler un langage si énergique, et, à cet étonnement, se mêlait une certaine curiosité, car il semblait à Louis XVI, quoiqu'il ne pût se rappeler où il l'avait vu, que ce n'était pas la première fois qu'il voyait cet homme.

x. 9

— Mais, enfin, dit-il, voyons, que me voulez-vous ? parlez !

— Sire, je veux que ni vous ni la famille royale ne fassiez un pas de plus vers l'étranger.

— Et vous venez, sans doute, avec des milliers d'hommes armés pour vous opposer à ma marche? dit le roi, qui grandissait dans la discussion.

— Non, Sire, je suis seul... ou plutôt nous ne sommes que deux : l'aide-de-camp du général la Fayette, et moi, c'est-à-dire un simple paysan. Seulement, l'Assemblée a rendu un décret ; elle a compté sur nous pour qu'il soit exécuté, et il le sera !

— Donnez ce décret, dit le roi, que je
le voie, au moins

— Ce n'est pas moi qui l'ai ; c'est mon
compagnon... Mon compagnon est envoyé par M. de la Fayette et par l'Assemblée, pour faire exécuter les ordres de
la Nation... Moi, je suis envoyé par
M. Bailly, et surtout par moi-même,
pour surveiller ce compagnon, et lui
brûler la cervelle s'il bronche !

La reine, M. de Choiseul, M. de Damas et les autres assistants se regar-
daient avec étonnement. Ils n'avaient
jamais vu le peuple qu'opprimé ou furieux, que demandant grâce ou assassi-

nant; ils le voyaient, pour la première fois, calme, debout, les bras croisés, sentant sa force, et parlant au nom de ses droits.

Aussi Louis XVI comprit-il bien vite qu'il n'y avait rien à espérer d'un homme de cette trempe-là, et, pressé d'en finir avec lui :

— Eh bien ! demanda-t-il, où est votre compagnon ?

— Là, dit-il, derrière moi.

Et, à ces mots, faisant un pas en avant, il démasqua la porte, à travers l'ouverture de laquelle on put voir un jeune homme revêtu de l'uniforme d'officier l'ordonnance appuyé contre la fenêtre.

Lui aussi était dans le plus grand désordre ; seulement, son désordre, au
ieu d'être celui de la force, était celui
le l'abattement.

Son visage ruisselait de larmes, et il
enait un papier à la main.

C'était M. de Romeuf, c'est-à-dire ce
eune aide-de-camp du général la Fayet-
e avec lequel, notre lecteur se le rappelle sans doute, nous avons fait connaissance lors de l'arrivée de M. Louis
le Bouillé, à Paris.

M. de Romeuf, comme il a pu ressor-
ir de la conversation qu'il eut à ce mo-

ment avec le jeune royaliste, était patriote, et patriote sincère ; mais, pendant la dictature de M. de la Fayette aux
Tuileries, chargé particulièrement de
surveiller la reine, et de l'accompagner
dans ses sorties, il avait su mettre dans
ses rapports avec elle tant de respec-
tueuse délicatesse, que la reine lui en
avait plusieurs fois exprimé sa recon-
naissance.

Aussi, en l'apercevant :

— Oh ! monsieur, s'écria-t-elle péniblement surprise, c'est vous !

Puis, avec ce gémissement douloureux de la femme qui voit faillir une
puissance qu'elle croyait invincible :

— Oh! ajouta-t-elle, je ne l'eusse jamais cru!...

— Bon! murmura en souriant le second messager, il paraît que j'ai bien fait de venir.

M. de Romeuf s'avança les yeux baissés, marchant avec lenteur, et tenant son papier à la main.

Mais le roi, impatient, ne donna pas au jeune homme le temps de lui présenter cet arrêté; il fit un pas rapide vers lui, et le lui arracha des mains.

Puis, après l'avoir lu :

— Il n'y a plus de roi en France! dit-il.

L'homme qui accompagnait M. de Romeuf sourit, comme s'il eût voulu dire : « Je le sais bien ! »

A ces mots du roi, la reine fit vers lui un mouvement pour l'interroger.

— Écoutez, madame, dit-il, voici le décret que l'Assemblée a osé rendre.

Et il lut d'une voix tremblante d'indignation les lignes suivantes :

« L'Assemblée ordonne que le ministre de l'intérieur expédiera à l'instant même des courriers dans les départements, avec ordre à tous les fonctionnaires publics, ou gardes nationaux et troupes de ligne de l'empire, d'arrêter ou

faire arrêter toute personne quelconque
sortant du royaume, comme aussi d'empêcher toute sortie d'effets, d'armes, de
munitions, d'espèces d'or ou d'argent,
de chevaux et de voitures ; et, dans le
cas où les courriers joindraient le roi,
quelques individus de la famille royale,
et ceux qui auraient pu concourir à leur
enlèvement, lesdits fonctionnaires publics, gardes nationales et troupes de
ligne seront tenus de prendre toutes les
mesures possibles pour arrêter ledit enlèvement, les empêcher de continuer
leur route, et rendre compte ensuite au
corps législatif. »

La reine avait écouté avec une sorte
de torpeur ; mais, quand le roi eut fini,

secouant la tête comme pour retrouver ses esprits :

— Donnez, dit-elle, en tendant la main à son tour pour recevoir le décret fatal. Impossible !...

Pendant ce temps, le compagnon de M. de Romeuf rassurait par un sourire les gardes nationaux et les patriotes de Varennes.

Ce mot *impossible*, prononcé par la reine, les avait inquiétés, quoique, d'un bout à l'autre, ils eussent tous entendu la teneur du décret.

— Oh ! lisez, madame, dit le roi avec amertume; si vous doutez encore, lisez...

c'est écrit et signé par le président de
l'Assemblée nationale.

— Et quel homme a osé écrire et si-
gner un pareil décret?

— Un noble, madame! répondit le
roi ; M. le marquis de Beauharnais !

N'est-ce pas une chose étrange, et qui
prouve bien les enchaînements du passé
à l'avenir que ce décret, qui arrêtait dans
leur fuite Louis XVI, la reine et la famille royale, portât un nom qui, obscur
jusque-là, allait, d'une manière écla-
tante, se rattacher à l'histoire du commencement du XIXᵉ siècle !

La reine prit le décret, et le lut les

sourcils froncés, les lèvres contractées.

Puis, à son tour, le roi le lui prit des mains pour le relire encore, et, après l'avoir relu une seconde fois, il le jeta sur le lit où dormaient, insensibles à cette discussion qui décidait de leur sort, le Dauphin et Madame Royale.

Mais, à cette vue, la reine, incapable de se contenir plus longtemps, s'élança rapide, rugissante, et, saisissant le papier, elle le froissa dans ses mains, et le jeta loin du lit en s'écriant :

— Oh ! monsieur, prenez donc garde ! Je ne veux pas que ce papier souille mes enfants !

Une immense clameur s'éleva de la

chambre voisine; les gardes nationaux
firent un mouvement pour se précipiter
dans celle où étaient les illustres fugitifs.

L'aide-de-camp du général la Fayette
laissa échapper un cri de terreur.

Son compagnon poussa un cri de rage.

— Ah! gronda ce dernier entre ses
dents, on insulte l'Assemblée! on insulte
la Nation! on insulte le Peuple!.... C'est
bien!.....

Et, se retournant vers ces hommes
déjà excités à la lutte qui encombraient
la première chambre, armés de fusils, de
faulx et de sabres :

— A moi, citoyens ! cria-t-il.

Ceux-ci firent pour pénétrer dans la chambre, un second mouvement qui n'était que le complément du premier, et Dieu seul sait ce qui allait résulter du choc de ces deux colères, lorsque Charny, qui n'avait prononcé, vers le commencement de la scène, que le peu de paroles que nous avons rapportées, et qui, depuis ce temps, s'était tenu à l'écart, s'élança en avant, et, saisissant par le bras ce garde national inconnu, au moment où il portait la main à la poignée de son sabre :

— Un mot à moi, s'il vous plaît, monsieur Billot, dit-il ; je désire vous parler.

Billot — car c'était lui — laissa à son

tour échapper un cri d'étonnement, devint pâle comme la mort, demeura un instant irrésolu, et, repoussant au fourreau son sabre à moitié tiré :

—Eh bien, soit !... Et, moi aussi, j'ai à vous parler, monsieur de Charny.

Et, se dirigeant aussitôt vers la porte :

—Citoyens, place à nous, s'il vous plaît. J'ai à m'entretenir un instant avec cet officier... Mais soyez tranquilles, ajouta-t-il à voix basse, ni loup, ni louve, ni louveteaux ne nous échapperont... Je suis là, et je réponds d'eux.

Comme si cet homme, qui leur était aussi inconnu, à eux, qu'il l'était — à part Charny — au roi et à sa suite, eût eu néanmoins le droit de leur donner des ordres, ils sortirent à reculons, laissant la première chambre libre.

D'ailleurs, chacun avait à raconter aux compagnons du dehors ce qui venait de se passer au dedans, et à recommander aux patriotes de faire plus que jamais bonne garde.

Pendant ce temps, Charny disait tout bas à la reine :

— M. de Romeuf est à vous, madame ; je vous laisse avec lui ; tirez-en le meilleur parti possible.

Et cela lui devenait d'autant plus fa-

cile, que, parvenu dans la seconde chambre, Charny refermait la porte, et, en
s'adossant à cette porte, empêchait que
personne, pas même Billot, n'y entrât.

# VII

**La haine d'un homme du peuple.**

Les deux hommes, en se trouvant tête
à tête, se regardèrent un instant, sans
que le regard du gentilhomme pût faire
baisser les yeux à l'homme du peuple.

Il y a plus : ce fut Billot qui prit le
premier la parole.

— Monsieur le comte m'a fait l'honneur de m'annoncer qu'il avait quelque chose à me dire. J'attends qu'il veuille bien parler.

— Billot, demanda Charny, d'où vient que je vous rencontre ici chargé d'une mission de vengeance ? Je vous croyais notre ami, à nous autres nobles, et, en outre, bon et fidèle sujet du roi.

— J'ai été bon et fidèle sujet du roi, monsieur le comte ; j'ai été, non pas votre ami, — un pareil honneur n'était pas réservé à un pauvre fermier comme moi, — mais j'ai été votre humble serviteur.

— Eh bien ?

— Eh bien, monsieur le comte, vous le voyez, je ne suis plus rien de tout cela.

— Je ne vous comprends pas, Billot.

— Pourquoi vouloir me comprendre, monsieur le comte? Est-ce que je vous demande, moi, les causes de votre fidélité au roi, les causes de votre dévouement à la reine? Non; je présume que vous avez vos raisons pour agir ainsi, et que, comme vous êtes, vous, un homme honnête et sage, vos raisons sont bonnes ou tout au moins selon votre conscience. Je n'ai pas votre haute position, monsieur le comte; je n'ai pas votre savoir; mais, cependant, vous me connaissez ou m'avez connu homme honnête et sage aussi... Supposez donc que, comme vous,

j'ai mes raisons, sinon bonnes, du moins
selon ma conscience.

— Billot, dit Charny, qui ignorait complètement les motifs de haine que le fermier pouvait avoir contre la noblesse ou
la royauté, je vous ai connu, — et il n'y
a pas longtemps de cela, — bien autrement que vous n'êtes aujourd'hui.

— Oh! certes, je ne le nie pas, dit
Billot avec un sourire amer; oui, vous
m'avez connu bien autrement que je ne
suis! Je vais vous dire comme j'étais,
monsieur le comte; j'étais un vrai patriote dévoué à deux hommes et à une
chose : ces deux hommes, c'étaient le
roi et M. Gilbert; cette chose, c'était
mon pays. Un jour, les agents du roi

vinrent chez moi, et, moitié par force,
moitié par surprise, m'enlevèrent une
cassette, dépôt précieux qui m'avait été
confié par M. Gilbert. Aussitôt libre, je
partis pour Paris ; j'y arrivai le 15 juillet
au soir. C'était au milieu de l'émeute
des bustes de M. le duc d'Orléans et de
M. Necker. On portait ces bustes par les
rues en criant : « Vive le duc d'Orléans !
Vive M. Necker ! » Cela ne faisait pas
grand mal au roi ; et, cependant, tout à
coup, les soldats du roi nous chargèrent;
je vis de pauvres diables qui n'avaient
commis d'autres crimes que de crier
*Vivent* deux hommes qu'ils ne connais-
saient probablement pas, tomber autour
de moi, les uns la tête fendue par des
coups de sabre, les autres la poitrine

trouée par des balles ; je vis M. de Lam-
besc, un ami du roi, poursuivre, dans les
Tuileries, des femmes et des enfants qui
n'avaient rien crié du tout, et fouler aux
pieds de son cheval un vieillard de soixante-dix ans. Cela continua de me
brouiller un peu plus avec le roi. Le lendemain, je me présentai à la pension du
petit Sébastien, et j'appris par le pauvre
enfant que son père était à la Bastille ;
sur un ordre du roi sollicité par une
dame de la cour ; et je continuai de me
dire à part moi que le roi, que l'on pré-
tendait si bon, avait, au milieu de cette
bonté, de grands moments d'erreur,
d'ignorance ou d'oubli ; et, pour réfor-
mer, autant qu'il était en moi, une des
fautes que le roi avait commises dans un

de ces moments d'oubli, d'ignorance ou d'erreur, je contribuai de tout mon pouvoir à prendre la Bastille. Nous y arrivâmes, ce ne fut pas sans peine : les soldats du roi tirèrent sur nous, nous tuèrent deux cents hommes à peu près ; ce qui me donna de nouveau l'occasion de n'être pas de l'avis de tout le monde sur cette grande bonté du roi... Mais, enfin, la Bastille fut prise ; dans un des cachots, je retrouvai M. Gilbert, pour lequel je venais de risquer de me faire tuer vingt fois, et la joie de le retrouver me fit oublier bien des choses. D'ailleurs, M. Gilbert me dit tout le premier que le roi était bon ; qu'il ignorait la plupart des indignités qui se faisaient en son nom, et que ce n'était pas à lui qu'il

fallait en vouloir, mais à ses ministres.
Or, comme tout tout ce que me disait
M. Gilbert, à cette époque, était pour
moi parole d'évangile, je crus M. Gilbert
et, voyant la Bastille prise, M. Gilbert libre, Pitou et moi sains et saufs, j'oubliai
les fusillades de la rue Saint-Honoré, les
charges des Tuileries, les cent cinquante
ou deux cents hommes tués par la *mu-
sette* de M. le prince de Saxe, et l'empri-
sonnement de M. Gilbert sur la simple
demande d'une dame de la cour... Mais
pardon, monsieur le comte, dit Billot en
s'interrompant, tout cela ne vous regarde
point, et vous ne m'avez pas demandé
à me parler en tête à tête pour écouter
les rabâchages d'un pauvre paysan sans
éducation, vous qui êtes à la fois un

grand seigneur et un savant.

Et Billot fit un mouvement pour porter
la main à la serrure, et rentrer dans la
chambre du roi.

Mais Charny l'arrêta.

Pour l'arrêter, Charny avait deux raisons :

La première, c'est qu'il apprenait les
causes de cette inimitié de Billot, qui,
dans une pareille situation n'était pas
sans importance ; la seconde, c'est qu'il
gagnait du temps.

— Non, dit-il, racontez-moi tout, mon
cher Billot ; vous savez l'amitié que nous
vous portions, mes pauvres frères et

moi, et ce que vous me dites m'inté-
resse au plus haut degré.

— Eh bien, donc, reprit-il, je vais tout
vous conter, monsieur de Charny, et je
regrette que vos *pauvres frères... un surtout... M. Isidore,* ne soit pas là pour
m'entendre.

Billot avait prononcé ces paroles : *Un
surtout... M. Isidore,* avec une si singu-
lière expression, que Charny comprima
le mouvement de douleur que le nom de
son frère bien-aimé éveillait dans son
âme, et, sans rien répondre à Billot, qui
ignorait visiblement le malheur arrivé à
ce frère de Charny dont il désirait la
présence, il lui fit signe de continuer.

Billot continua.

— Aussi, dit-il, quand le roi se mit en marche pour Paris, je ne vis qu'un père revenant au milieu de ses enfants ; je marchais avec M. Gilbert près de la voiture royale, faisant à ceux qu'elle renfermait un rempart de mon corps, et criant : « Vive le roi ! » à tue-tête. C'était le premier voyage du roi, celui-là. Il y avait tout autour de lui, devant, derrière, sur sa route, sous les pieds de ses chevaux, sous les roues de sa voiture, des bénédictions et des fleurs. En arrivant sur la place de l'hôtel de ville, on s'aperçut que le roi n'avait plus la cocarde blanche, mais qu'il n'avait pas encore la cocarde tricolore. On cria : « La cocarde !

la cocarde ! » Je pris celle qui était à
mon chapeau et la lui donnai ; il me
remercia et la mit au sien aux grandes
acclamations de la foule. J'étais ivre de
joie de voir ma cocarde au chapeau de ce
bon roi ; aussi je criai à moi seul : « Vive
le roi ! » plus fort que tout le monde ; j'en
étais si enthousiaste, de ce bon roi, que
je restai à Paris ; ma moisson était sur
pied, et avait besoin de ma présence,
mais bah ! que n'importait ma moisson !
j'étais bien assez riche pour perdre une
récolte, et, si ma présence était utile en
quelque chose à ce bon roi, au père du
peuple, au *Restaurateur de la liberté française,*comme, nous autres niais, nous l'ap-
pelions à cette époque-là, mieux valait
que je restasse à Paris bien certainement

plutôt que de retourner à Pisseleu... Ma
moisson, que j'avais confiée aux soins
de Catherine fut à peu près perdue...Ca-
therine avait, à ce qu'il paraît, autre
chose à faire que la moisson... N'en parlons plus. — Cependant, on disait que
ce n'était pas bien franchement que le roi
acceptait la révolution ; qu'il y marchait
contraint et forcé ; que ce n'était pas la
cocarde tricolore qu'il aurait voulu porter
à son chapeau, mais la cocarde blanche...
Ceux qui disaient cela étaient des calom-
niateurs, ce qui fut bien prouvé par le
repas de messieurs les gardes du corps,
où la reine ne mit ni la cocarde tricolore
ni la cocarde blanche, ni la cocarde nationale, ni la cocarde française , mais
tout simplement la cocarde de son frère

Joseph II, la cocarde autrichienne, la cocarde noire ! — Ah ! je l'avoue, cette fois, mon doute recommença ; mais, comme me le disait M. Gilbert : « Billot, ce n'est pas le roi qui a fait cela, c'est la reine ; or, la reine est une femme, et, pour les femmes, il faut être indulgent. » Moi, je le crus ; si bien que, lorsqu'on vint de Paris pour attaquer le château, — quoique je trouvasse, au fond du cœur, que ceux qui venaient pour atta-quer le château n'avaient pas tout à fait tort, — je me mis du côté de ceux qui le défendaient ; de sorte que ce fut moi qui allai éveiller M. de la Fayette, lequel dormait, pauvre cher homme, que c'é-tait une bénédiction, et qui l'amenai au château juste à temps pour sauver le roi. Ah! ce jour-là, je vis madame Elisabeth serrer dans ses bras M. de la Fayette ; je vis la reine lui donner sa main à baiser ; j'entendis le roi l'appeler son ami, et je me dis : « Par ma foi ! il paraît que c'est M. Gilbert qui avait raison. Certainement, ce n'est point par peur qu'un roi, une reine et une princesse royale font de pareilles démonstrations, et, si elles ne partageaient pas les opinions de cet homme „ de quelque utilité que cet homme puisse leur être dans ce moment, trois personnages pareils ne s'abaisseraient pas à mentir ! » Cette fois encore, j'en revins donc à plaindre cette pauvre reine, qui n'était qu'imprudente, et ce pauvre roi qui n'était que faible. Seulement, je les laissai re-

venir à Paris sans moi... Moi, j'étais occupé à Versailles, vous savez à quoi,
monsieur de Charny...

Charny poussa un soupir.

— On dit, continua Billot, que ce second voyage ne fut pas tout à fait aussi
gai que le premier ; on dit qu'au lieu de
bénédictions, il y eut des malédictions ;
qu'au lieu de *vivats*, il y eut des cris de
mort ; qu'au lieu de bouquets jetés sous
les pieds des chevaux, et sous les roues
de la voiture, il y eut des têtes coupées
et portées au bout des piques... — Je
n'en sais rien, je n'y étais pas ; j'étais
resté à Versailles. Je laissais toujours la
ferme sans maître... bah ! j'étais assez
riche, après avoir perdu la moisson de

1789, pour perdre la moisson de 1790 !
Mais, un beau matin Pitou arriva et m'annonça que j'étais sur le point de perdre une chose qu'un père n'est jamais assez riche pour perdre... c'était ma fille !

Charny tressaillit.

Billot regarda fixement Charny, et continua.

— Il faut vous dire, monsieur le comte, qu'il y a, à une lieue de chez nous, à Boursonnes, une famille noble, une famille de grands seigneurs, une famille puissamment riche. Cette famille se composait de trois fils ; quand ils étaient enfants, et qu'ils allaient de Boursonnes à Villers-Cotterêts, les plus jeunes de ces trois frères me fai-

saient presque toujours l'honneur de
s'arrêter à la ferme; ils disaient qu'ils
n'avaient jamais bu d'aussi bon lait que
le lait de mes vaches, mangé d'aussi bon
pain que le pain de la mère Billot, et,
de temps en temps, ils ajoutaient, — je
croyais, pauvre niais, que c'était pour
me payer mon hospitalité! — de temps
en temps, ils ajoutaient qu'ils n'avaient
jamais vu d'aussi belle enfant que ma
fille Catherine. Et, moi, je les remerciais
de boire mon lait, de manger mon pain,
et de trouver ma fille Catherine jolie!
Que voulez-vous? je croyais bien au roi,
qui est, à ce que l'on dit, moitié allemand par sa mère, je pouvais bien croire
à eux! Aussi, quand le cadet, qui avait
quitté le pays depuis longtemps, et qui

se nommait Georges, fût tué à Versailles,
à la porte de la reine, dans la nuit du 5
au 6 octobre, en faisant bravement son
devoir de gentilhomme, Dieu sait jusqu'où je fus blessé du coup qui le tua!
Ah! monsieur le comte, son frère m'a
vu, son frère aîné, qui ne venait pas à la
maison, non pas parce qu'il était trop
fier; je lui rends cette justice, mais parce
qu'il avait quitté le pays plus jeune encore que son frère Georges; il m'a vu à
genoux devant le cadavre, versant autant
de larmes qu'il avait versé de sang... Je
crois y être encore... là... au fond d'une
petite cour verte et humide où je l'avais
transporté dans mes bras, pour qu'il ne
fût pas mutilé, pauvre jeune homme,
comme avaient été mutilés ses compa-

gnons, MM. de Varicourt et des Huttes...
si bien que j'avais presque autant de
sang à mes habits que vous en avez aux
vôtres, monsieur le comte. Oh! c'est que
c'était un bien charmant enfant, que je
vois toujours allant au collège de Villers-
Cotterêts, sur son petit cheval gris avec
son panier à la main; et c'est si vrai,
qu'en pensant à celui-là, si je ne pensais
qu'à lui, je crois que je pleurerais encore comme vous pleurez, monsieur le
comte... mais je pense à l'autre, ajouta
Billot, et je ne pleure pas.

— A l'autre! que voulez-vous donc
dire? demanda Charny.

— Attendez, dit Billot, nous y arri-
vons... Pitou était donc venu à Paris, et

il m'avait dit deux mots qui m'avaient
prouvé que c'était, non plus ma moisson
qui courait des risques, mais mon enfant ; que c'était, non pas ma fortune qui
allait être détruite, mais mon bonheur !
Je laissai donc le roi à Paris ; puisqu'il
était de bonne foi, à ce que me disait
M. Gilbert, toutes choses ne pouvaient
pas manquer d'aller au mieux, que je
fusse là ou que je n'y fusse pas, et je revins à la ferme. Je crus d'abord que Catherine n'était qu'en danger de mort :
elle avait le délire, une fièvre cérébrale,
que sais je moi?... L'état dans lequel je
la trouvai me rendit fort inquiet, d'autant plus inquiet que le docteur me dit
qu'il m'était défendu d'entrer dans sa
chambre qu'elle ne fût guérie ; mais, ne

pouvant entrer dans sa chambre, pauvre père au désespoir, je crus qu'il m'était bien permis d'écouter à sa porte. J'écoutai donc. Alors, j'appris qu'elle avait failli mourir, qu'elle avait la fièvre cérébrale, qu'elle était presque folle enfin, parce que son amant était parti ! — Moi, j'étais parti aussi, un an auparavant, et, au lieu de devenir folle de ce que son père la quittait, elle avait souri à mon départ... Mon départ ne la laissait-il pas libre de voir son amant ! — Catherine revint à la santé, mais non pas à la joie ; un mois, deux mois, trois mois, six mois se passèrent sans qu'un seul rayon de gaîté éclairât ce visage, que mes yeux ne quittaient pas. Un matin, je la vis sourire, et je tremblai : son amant allait

donc revenir, puisqu'elle avait souri...
Le lendemain, un berger qui l'avait vu
passer m'annonça que, le matin même,
il était arrivé. Je ne doutai point que, le
soir de ce jour-là, il ne fût chez moi ou
plutôt chez Catherine. Aussi, le soir
venu, je chargeai mon fusil à deux
coups, et je me mis à l'affût.

— Billot, s'écria Charny, vous avez
fait cela?...

— Pourquoi pas? dit Billot; je me
mets bien à l'affût pour tuer le sanglier
qui vient retourner mes pommes de
terre, le loup qui vient égorger mes brebis, le renard qui vient étrangler mes
poules, et je ne me mettrais pas à l'affût
pour tuer l'homme qui vient m'enlever

mon bonheur, l'amant qui vient désho-
norer ma fille ?

— Mais, arrivé là, le cœur vous faillit,
n'est-ce pas, Billot? dit vivement le
comte.

— Non, dit Billot, pas le cœur, mais
l'œil et la main... Une trace de sang me
prouva, cependant, que je ne l'avais pas
manqué tout à fait. Seulement, vous le
comprenez bien, ajouta Billot avec amertume, entre un amant et un père, ma fille
n'avait pas hésité... Quand j'entrai dans
la chambre de Catherine, Catherine
avait disparu !

— Et vous ne l'avez pas revue depuis?
demanda Charny.

— Non, répondit Billot; mais pourquoi la reverrais-je? elle sait bien que,
si je la revoyais, je la tuerais!

Charny fit un mouvement, tout en regardant la puissante nature qui posait
devant lui avec un sentiment d'admira-
tion et de terreur.

— Je me remis aux travaux de ma
ferme, continua Billot; qu'importait
mon malheur, à moi, pourvu que la
France fût heureuse! Le roi ne marchait-
il pas franchement dans la voie de la révolution? ne devait-il pas présider la fête
de la Fédération? n'allais-je pas le revoir
là, ce bon roi, à qui j'avais donné une
cocarde tricolore, le 16 juillet, et à qui
j'avais à peu près sauvé la vie le 6 octo-

bre? Quelle joie ce devait être pour lui
que de voir la France tout entière réunie
au Champ-de-Mars, jurant comme un
seul homme l'unité de la patrie. Aussi,
un instant, quand je le vis, j'oubliai tout,
jusqu'à Catherine... non, je mens, un
père n'oublie pas sa fille! — Lui aussi
jura à son tour; il me sembla bien qu'il
jurait mal, qu'il jurait du bout des lèvres,
qu'il jurait de sa place, au lieu de jurer
sur l'autel de la patrie; mais bah! il
avait juré, c'était l'essentiel : un serment
est un serment; ce n'est pas l'endroit où
on le prononce qui le rend plus ou
moins sacré, et, quand il a fait un serment, un honnête homme le tient. Le roi
tiendrait donc son serment. — Il est vrai
qu'une fois revenu à Villers-Cotterêts,

comme je n'avais plus rien à faire qu'à
m'occuper de politique, n'ayant plus
mon enfant, j'entendais dire que le
roi avait voulu se faire enlever par
M. de Favras, mais que la chose avait
échoué ; que le roi avait voulu s'en-
fuir avec ses tantes, mais que le projet
n'avait pas réussi ; que le roi avait voulu
aller à Saint-Cloud, et, de là, gagner
Rouen, mais que le peuple s'y était op-
posé ; il est vrai que j'entendais dire tout
cela, mais je n'y croyais pas. N'avais-je
pas, de mes yeux, au Champ-de-Mars,
vu le roi étendre la main ? ne l'avais-je
pas, de mes oreilles, entendu faire serment à la Nation ? Le moyen de croire
qu'un roi, parce qu'il avait juré en face
de trois cent mille citoyens, tiendrait son

serment pour moins sacré que celui que
font les autres hommes! Ce n'était pas
probable. Aussi, comme j'avais été au
marché de Meaux avant-hier, je fus bien
étonné quand, au jour, — il faut vous
dire que j'avais couché chez le maître de
poste, un de mes amis, avec lequel j'a-
vais terminé un grand marché de grains,
— aussi, dis-je, je fus bien étonné
quand, dans une voiture qui relayait, je
vis et je reconnus le roi, la reine et le
Dauphin. Il n'y avait pas à s'y tromper;
j'avais l'habitude de les voir en voiture,
puisque, le 16 juillet, je les avais accompagnés de Versailles à Paris. Alors, j'entendis un de ces messieurs habillés de
jaune qui disait : « Route de Châlons. »
La voix me frappa; je me retournai et

je reconnus, qui? celui qui m'avait enlevé Catherine, un noble gentilhomme qui faisait son devoir de laquais en courant devant la voiture du roi!...

A ces mots, Billot regarda fixement le comte, pour voir si celui-ci comprenait qu'il s'agissait de son frère Isidore; mais Charny se contenta d'essuyer avec son mouchoir la sueur qui coulait de son front, et se tut.

Billot reprit :

—Je voulus le poursuivre : il était déjà loin. Il avait un bon cheval, il était armé, et je ne l'étais pas. Un instant, je grinçai des dents, à l'idée de ce roi qui échappait à la France et de ce ravisseur qui m'échappait; mais, tout à coup, une idée me vient : « Tiens, dis-je, moi aussi, j'ai fait serment à la Nation, et, puisque le roi rompt le sien, si je tenais le mien, moi?.. Ma foi, oui, tenons-le ! Je ne suis qu'à dix lieues de Paris ; il est trois heures du matin ; sur un bon cheval, c'est l'affaire de deux heures. Je causerai de cela avec M. Bailly, un honnête homme, qui me parait être du parti de ceux qui tiennent leur serment contre ceux qui ne le tiennent pas. » Ce point arrêté, pour ne pas perdre de temps, je priai mon ami le maître de poste de Meaux, — sans lui rien dire de ce que j'allais faire, bien entendu, — de me prêter son uniforme de garde national, son sabre et ses pistolets. Je pris le meilleur cheval de son écurie, et, au lieu de partir au petit trot pour Villers-Cotterets, je partis au galop pour Paris. Ma foi! j'arrivai juste : on savait déjà la fuite du roi; mais on ne savait pas de quel côté il s'était enfui. M. de Romeuf avait été envoyé par M. de la Fayette sur la route de Valenciennes; mais,—voyez donc ce que c'est que le hasard! — à la barrière, il avait été arrêté, avait obtenu qu'on le ramenât à l'Assemblée nationale, et il y rentrait juste au moment où M. Bailly, renseigné par moi, donnait sur l'itinéraire de Sa Majesté les détails les plus précis. Il n'y avait qu'un ordre bien en règle à écrire, et la route à changer. La chose fut faite en un instant; M. de Romeuf fut lancé sur la route de Châlons, et, moi, je reçus

mission de l'accompagner, mission
que je remplis, ainsi que vous voyez...
Maintenant, ajouta Billot d'un air sombre, j'ai rejoint le roi, qui m'a trompé
comme Français, et je suis tranquille :
il ne m'échappera pas; il me reste à rejoindre, à cette heure, celui qui m'a
trompé comme père, et, je vous le jure,
monsieur le comte, il ne m'échappera
pas non plus.

— Hélas ! mon cher Billot, dit Charny
avec un soupir, vous vous trompez !

— Comment cela ?

— Je dis que le malheureux dont vous
parlez vous a échappé.

— Il a fui? s'écria Billot avec une indescriptible expression de rage.

— Non, dit Charny, il est mort.

— Mort? s'écria Billot en tressaillant malgré lui, et en essuyant son front, qui s'était instantanément couvert de sueur.

— Mort! répéta Charny; et ce sang que vous voyez, et auquel tout à l'heure vous aviez raison de comparer celui dont vous étiez couvert dans la petite cour de Versailles, ce sang, c'était le sien!... Et, si vous en doutez, descendez, mon cher Billot, et vous trouverez le corps couché dans une petite cour à peu près pareille à celle de Versailles, et frappé pour la même cause que celui qui a été frappé là-bas!

Billot regarda Charny, — qui lui parlait d'une voix douce, tandis que deux grosses larmes coulaient sur ses joues, — avec des yeux hagards et un visage effaré. Puis, tout à coup, jetant un cri :

— Ah! s'écria-t-il, il y a donc une justice au ciel !

Et, s'élançant hors de la chambre :

— Monsieur le comte, dit-il, je crois à vos paroles; mais n'importe! je vais m'assurer, de mes yeux, que justice est faite !

Charny le regarda s'éloigner en étouffant un soupir, et en essuyant ses larmes.

Puis, comprenant qu'il n'y avait pas une minute à perdre, il s'élança, de son côté, dans la chambre de la reine, et, marchant droit à elle :

— M. de Romeuf ? dit-il tout bas.

— Il est à nous, répondit la reine.

— Tant mieux, dit Charny ; car, de l'autre côté, il n'y a rien à espérer.

— Que faire, alors ? demanda la reine.

— Gagner du temps, jusqu'à ce que M. de Bouillé arrive.

— Mais arrivera-t-il ?

— Oui, car c'est moi qui vais aller le chercher.

— Oh! s'écria la reine, les rues sont encombrées; vous êtes signalé, vous ne passerez pas... ils vous massacreront !... Olivier! Olivier!

Mais Charny, souriant, ouvrit, sans répondre, la fenêtre qui donnait sur le jardin, envoya une dernière promesse au roi, un dernier salut à la reine, et franchit les quinze pieds qui le séparaient du sol.

La reine jeta un cri de terreur, et cacha sa tête dans ses mains; mais les jeunes gens coururent à la fenêtre, et, par un cri de joie, répondirent au cri de terreur de la reine.

Charny venait d'escalader le mur du

jardin, et de disparaître de l'autre côté de ce mur.

Il était temps : en ce moment, Billot reparut au seuil de la chambre.

# VIII

## M. de Bouillé.

Voyons ce que faisait, .pendant ces
heures d'angoisses, M. le marquis de
Bouillé, que l'on attendait avec tant
l'impatience à Varennes, et sur qui re-
posaient les dernières espérances de la
famille royale.

A neuf heures du soir, c'est-à-dire à peu près au moment où les fugitifs arrivaient à Clermont, M. le marquis de Bouillé quittait Stenay avec son fils, M. Louis de Bouillé, et s'avançait vers Dun, pour se rapprocher du roi.

Cependant, arrivé à un quart de lieue de cette dernière ville, il craignit que sa présence n'y fût remarquée, s'arrêta, lui et ses compagnons, sur le bord de la route, et s'établit dans un fossé, tenant ses chevaux en arrière.

Là, on attendit. C'était l'heure où, selon toute probabilité, devait bientôt apparaître le courrier du roi.

En pareille circonstance, les minutes

semblent des heures ; les heures, des siècles.

On entendit sonner lentement, et avec cette impassibilité que ceux qui attendent voudraient régler aux battements de leur cœur, dix heures, onze heures, minuit, une heure, deux heures et trois heures du matin.

Entre deux et trois heures, le jour avait commencé à paraître. Pendant ces six heures d'attente, le moindre bruit qui arrivait aux oreilles des veilleurs, soit qu'il approchât, soit qu'il s'éloignât, leur apportait l'espérance ou le désespoir.

Au jour, la petite troupe désespérait.

M. de Bouillé pensa qu'il était survenu quelque accident; mais, ignorant lequel, il ordonna de regagner Stenay, afin que, se trouvant au centre de ses forces, il pût, autant que possible, parer à cet accident.

On remonta donc à cheval, et l'on reprit lentement et au pas la route de Stenay.

On n'était plus guères qu'à un quart de lieue de la ville, lorsque, en se retournant, M. Louis de Bouillé aperçut de loin, sur la route, la poussière soulevée par le galop de plusieurs chevaux.

On s'arrêta; on attendit.

A mesure que les nouveaux cavaliers

approchaient, on croyait les reconnaître.

Enfin, on n'en douta bientôt plus :
c'étaient MM. Jules de Bouillé et de Raigecourt.

La petite troupe se porta au-devant
d'eux.

Au moment où l'on se joignait, toutes
les voix d'une des deux troupes faisaient
la même question, toutes les bouches de
l'autre faisaient la même réponse.

— Qu'est-il arrivé ?

— Le roi a été arrêté à Varennes.

Il était quatre heures du matin à peu
près.

La nouvelle était terrible, d'autant plus terrible, que les deux jeunes gens, placés à l'extrémité de la ville, à l'hôtel du Grand-Monarque, où ils s'étaient trouvés enveloppés tout à coup par l'insurrection, avaient été obligés de se faire jour à travers la foule, et, cela, sans emporter avec eux aucun renseignement précis.

Cependant, si terrible que fût cette nouvelle, elle ne détruisait point toute espérance.

M. de Bouillé, comme tous les officiers supérieurs qui se reposent sur une absolue discipline, croyait, sans songer aux obstacles, que tous ses ordres avaient été exécutés.

Or, si le roi avait été arrêté à Varennes, les différents postes qui avaient reçu l'ordre de se replier derrière le passage du roi devaient être arrivés à Varennes.

Ces différents postes devaient se composer :

Des quarante hussards du régiment de Lauzun, commandés par le duc de Choiseul ;

Des trente dragons de Sainte-Menehould, commandés par M. Dandoins ;

Des cent quarante dragons de Clermont, commandés par M. de Damas ;

Et, enfin, des soixante hussards de

Varennes commandés par MM. de Bouillé et de Raigecourt, avec lesquels, il est
vrai, les jeunes gens n'avaient pu com-
muniquer au moment de leur départ,
mais qui étaient restés, en leur absence,
sous le commandement de M. de Rohrig.

Il était vrai encore qu'on n'avait rien
voulu confier à M. de Rohrig, jeune
homme de vingt ans ; mais M. de Rohrig recevrait les ordres des autres chefs,
MM. de Choiseul, Dandoins ou de Damas, et réuniraient ses hommes à ceux
qui accourraient au secours du roi.

Le roi devait donc avoir autour de lui, à
l'heure qu'il était, quelque chose comme
cent hussards et cent soixante ou cent
quatre-vingts dragons.

C'était autant qu'il en fallait pour tenir contre l'insurrection d'un petit bourg de dix-huit cents âmes.

On a vu comment les évènements a-vaient donné tort aux calculs stratégi-ques de M. de Bouillé.

Au reste, une première atteinte ne tar-da pas à être portée à cette sécurité.

Pendant que MM. de Bouillé et de Rai-gecourt donnaient des renseignements au général, on vit arriver un cavalier au grand galop de son cheval.

Ce cavalier, c'étaient des nouvelles.

Tous les yeux se tournèrent donc sur

lui , et l'on reconnut M. de Rohrig.
En le reconnaissant, le général poussa
à lui.

Il était dans une de ces dispositions
d'esprit où l'on n'est point fâché de faire
tomber, même sur un innocent, le poids
de sa colère.

— Qu'est-ce à dire, monsieur, s'écria
le général, et pourquoi avez-vous quitté
votre poste?

—Mon général, répondit M. de Rohrig, excusez-moi, mais je viens par ordre de M. de Damas.

— Eh bien, M. de Damas est à Varennes avec ses dragons.

— M. de Damas est à Varennes sans ses dragons, mon général, avec un officier, un adjudant et deux ou trois hommes.

— Et les autres ?

— Les autres n'ont pas voulu marcher.

— Et M. Dandoins et ses dragons ? demanda M. de Bouillé.

— On les dit prisonniers à la municipalité de Sainte-Menehould.

— Mais, au moins, s'écria le général, M. de Choiseul est à Varennes avec ses hussards et les vôtres ?

— Les hussards de M. de Choiseul ont tourné du côté du peuple, et crient : « Vive la Nation ! » Mes hussards, à moi, sont gardés dans leur caserne par la garde nationale de Varennes.

— Et vous ne vous êtes pas mis à leur tête, monsieur ? et vous n'avez pas chargé toute cette canaille ? et vous ne vous êtes pas ralliés autour du roi ?...

— Mon général oublie que je n'avais aucun ordre ; que M. de Bouillé et M. de Raigecourt étaient mes chefs, et que j'ignorais complètement que Sa Majesté dût passer à Varennes.

— C'est vrai, dirent à la fois MM. de Bouillé et de Raigecourt, rendant hommage à la vérité.

— Au premier bruit que j'ai entendu,
continua le sous-lieutenant, je suis descendu dans la rue ; je me suis informé ;
j'ai appris qu'une voiture qu'on disait
contenir le roi et la famille royale avait
été arrêtée, il y avait un quart d'heure à
peu près, et que les personnes renfer-
mées dans cette voiture avaient été con-
duites chez le procureur de la commune.
Il y avait grande foule d'hommes armés,
on battait le tambour, on sonnait le tocsin ; au milieu de tout ce tumulte, j'ai
senti qu'on me touchait l'épaule ; je me
suis retourné, et j'ai reconnu M. de Damas, avec une redingote par-dessus son
uniforme : « Vous êtes le sous-lieutenant
commandant les hussards de Varennes ?
m'a-t-il dit. — Oui, mon colonel. — Vous

me connaissez ? — Vous êtes le comte Charles de Damas. — Eh bien, montez à cheval sans perdre une seconde; partez pour Dun, pour Stenay; courez jusqu'à ce que vous rejoigniez M. le marquis de Bouillé ; dites-lui que Dandoins et ses dragons sont prisonniers à Sainte-Menehould ; que mes dragons, à moi, ont refusé; que les hussards de Choiseul menacent de tourner au peuple, et que le roi et la famille royale, qui sont là, arrêtés, dans cette maison, n'ont plus d'espoir qu'en lui... »

Sur un pareil ordre, mon général, j'ai cru que je ne devais faire aucune observation, mais, au contraire, qu'il était de mon devoir d'obéir aveuglément. Je suis monté à cheval, je suis parti ventre à terre, et me voici !

— Et M. de Damas ne vous a pas dit autre chose ?

— Si fait ; il m'a dit encore qu'on emploierait tous les moyens de gagner du temps, pour vous donner, mon général, celui d'arriver à Varennes.

— Allons, dit M. de Bouillé en poussant un soupir, je vois que chacun a fait ce qu'il a pu... A nous, maintenant, de faire de notre mieux.

Puis, se tournant vers le comte Louis :

— Louis, dit-il, je reste ici. Ces mes-

sieurs vont porter ces différents ordres
que je donne. — D'abord, les détachements de Mouza et de Dun marcheront
à l'instant même sur Varennes en gardant le passage de la Meuse, et commen-
ceront l'attaque. Monsieur de Rohrig,
portez-leur cet ordre de ma part, et dites-
leur qu'ils seront soutenus de près.

Le jeune homme auquel l'ordre était
donné salua, et partit dans la direction
de Dun, pour l'exécuter.

M. de Bouillé continua :

— Monsieur de Raigecourt, allez au-
devant du régiment suisse de Castella,
qui est en marche pour se rendre à Stenay ; partout où vous le joindrez, dites-

lui l'urgence de la situation, et l'ordre que je lui donne de doubler les étapes... Allez !

Puis, ayant vu partir le jeune officier dans une direction opposée à celle que suivait, de toute la vitesse de son cheval déjà fatigué, M. de Rohrig, il se tourna vers son second fils.

— Jules, dit-il, change de cheval à Stenay, et pars pour Montmédy. Que M. de Klinglin fasse marcher sur Dun le régiment de Nassau-Infanterie, qui est à Montmédy, et se porte de sa personne sur Stenay... Va !

Le jeune homme salua et partit à son tour.

Enfin, se retournant vers son fils aîné :

— Louis, dit M. de Bouillé, Royal-Allemand est à Stenay ?

— Oui, mon père.

— Il a reçu l'ordre de se tenir prêt à la pointe du jour ?

— J'en ai moi-même donné, de votre part, l'ordre à son colonel.

— Amène-le-moi... J'attendrai ici, sur la route; peut-être m'arrivera-t-il d'autres nouvelles... Royal-Allemand est sûr, n'est-ce pas ?

— Oui, mon père.

— Eh bien, Royal-Allemand suffira ; nous marcherons avec lui sur Varennes... Va !

Et le comte Louis partit à son tour.

Dix minutes après, il reparut.

— Royal-Allemand me suit, dit-il au général.

— Tu l'as trouvé prêt à marcher, alors ?

— Non, et à mon grand étonnement même ; il faut que le commandant m'ait mal compris hier, quand je lui ai transmis votre ordre, car je l'ai trouvé au lit... mais il se lève, et il m'a promis d'aller aux casernes lui-même pour hâter le départ. Craignant que vous ne vous impatientiez, je suis venu vous dire la cause du retard.

— Bien ! dit le général ; il va arriver, alors ?

— Le commandant m'a dit qu'il me suivait.

On attendit dix minutes, puis un quart d'heure, puis vingt minutes ; personne ne paraissait.

Le général, impatient, regarda son fils.

— J'y retourne, mon père, dit celui-ci.

Et, remettant son cheval au galop, il rentra dans la ville.

Le temps, si long qu'il eût paru à l'impatience de MM. de Bonillé, avait mal été mis à profit par le commandant : A peine quelques hommes étaient-ils prêts. Le jeune officier se plaignit amèrement, renouvela l'ordre du général, et, sur la promesse positive du commandant que, dans cinq minutes, ses soldats et lui seraient hors la ville, il revint vers son père.

En revenant, il remarqua que la porte par laquelle il avait déjà passé était gardée par la garde nationale.

On attendit de nouveau cinq minutes,

dix minutes, un quart d'heure ; personne ne paraissait.

Et, cependant, M. de Bouillé comprenait que chaque minute perdue était une année retranchée à la vie des prisonniers.

On vit venir un cabriolet sur la route, du côté de Dun.

Ce cabriolet, c'était celui de Léonard, qui continuait son chemin de plus en plus troublé.

M. de Bouillé l'arrêta ; mais, à mesure que le pauvre garçon s'éloignait de Paris, le souvenir de son frère, dont il emportait le chapeau et la redingote ; celui de madame de l'Aage, qui n'etait bien coiffée que par lui, et qui l'attendait pour être coiffée, repassaient dans son esprit, et y produisaient un tel chaos, que M. de Bouillé ne pût tirer de lui rien qui eût le sens commun.

En effet, Léonard, parti de Varennes avant l'arrestation du roi, ne pouvait rien apprendre de nouveau à M. de Bouillé.

Ce petit incident servit à faire, pendant quelques minutes, prendre patience au général; mais, enfin, près d'une heure s'étant écoulée depuis l'ordre donné au commandant de Royal-Allemand, M. de Bouillé invita son fils à rentrer pour la troisième fois à Stenay, et à ne pas revenir sans le régiment.

Le comte Louis partit furieux.

En arrivant sur la place, sa colère augmenta : cinquante hommes à peine étaient à cheval.

Il commença par prendre ces cinquante hommes, et, avec eux, il alla s'emparer de la porte qui assurait sa libre entrée et sortie ; puis il revint près du général, qui attendait toujours, l'assurant que, cette fois, il était suivi par le commandant et par ses soldats.

Il le croyait ; mais ce ne fut que dix minutes après, et quand, pour la quatrième fois, il allait rentrer dans la ville,

que l'on aperçut la tête de Royal-Allemand.

En toute autre circonstance, M. de
Bouillé eût fait arrêter le commandant
par ses hommes eux-mêmes ; mais, en
un pareil moment, il craignit de mé-
contenter chefs et soldats ; il se contenta
donc de lui adresser quelques reproches
sur sa lenteur ; puis, haranguant les soldats, il leur dit à quelle mission d'honneur ils étaient réservés ; comment, non-
seulement la liberté, mais encore la vie
du roi et de la famille royale dépendait
d'eux ; il leur promit, aux officiers des
honneurs, aux soldats des récompenses,
et, pour commencer, il distribua quatre
cents louis à ces derniers.

Le discours, terminé par cette péro-
raison, produisit l'effet qu'il en attendait ; un immense cri de : « Vive le
roi ! » retentit, et tout le régiment partit
au grand trot pour Varennes.

A Dun, l'on trouva, gardant le pont
de la Meuse, le détachement de trente
hommes que M. Deslon, en quittant
Dun avec Charny, y avait laissé:

On rallia ces trente hommes, et l'on
continua le chemin.

On avait huit grandes lieues à faire
par un pays de montées et de descentes ;
on ne marchait donc pas de l'allure qu'on
eût voulu. Il fallait arriver, mais arriver surtout avec des soldats qui pus-

sent soutenir un choc ou fournir une charge.

Cependant, on sentait qu'on avançait en pays ennemi : à droite et à gauche, les villages sonnaient le tocsin ; devant soi, on entendait pétiller quelque chose comme une fusillade.

On avançait toujours.

A la Grange-au-Bois, un cavalier sans chapeau, courbé sur son cheval qui semble dévorer le chemin, apparaît en faisant de loin des signes d'appel. On presse l'allure ; le régiment et l'homme se rapprochent.

Ce cavalier, c'est M. de Charny.

— Au roi, messieurs ! au roi ! crie-t-il du plus loin qu'on peut l'entendre, et en levant la main.

— Au roi ! vive le roi ! crient à la fois soldats et officiers.

Charny a pris place dans les rangs ; il expose en quatre mots la situation. Le roi était encore à Varennes, quand le comte en est parti ; tout n'est donc pas perdu.

Les chevaux sont bien fatigués ; mais n'importe ! on soutiendra l'allure ; les chevaux ont été bourrés d'avoine ; les hommes sont chauffés à blanc par les discours et par les louis de M. de Bouillé. Le régiment avance comme un ouragan aux cris de : « Vive le roi ! »

A Crépy, on rencontre un prêtre ; ce prêtre est constitutionnel ; il voit toute cette troupe qui se précipite vers Varennes.

— Allez ! allez ! dit-il, par bonheur, vous arriverez trop tard !

Le comte de Bouillé l'entend, fond sur lui le sabre levé.

— Malheureux ! lui crie son père, que fais-tu ?

En effet, le jeune comte comprend qu'il va tuer un homme sans défense, et que cet homme est un ecclésiastique, — double crime ! il dégage son pied de l'étrier, et donne un coup de botte dans la poitrine du prêtre.

— Vous arriverez trop tard ! répète le prêtre en roulant dans la poussière.

On continue le chemin en maudissant le prophète de malheur.

Cependant, on se rapproche peu à peu des coups de fusil.

C'est M. Deslon et ses soixante-dix hussards qui escarmouchent avec un nombre à peu près égal d'hommes de la garde nationale.

On charge sur la garde, on la disperse, on passe.

Mais, là on apprend de M. Deslon que, depuis huit heures du matin, le roi est parti de Varennes.

M. de Bouillé tire sa montre : il est neuf heures moins cinq minutes.

Soit ! tout espoir n'est pas perdu ; il ne faut pas songer à traverser la ville à cause des barricades ; on tournera Varennes.

On le tournera par la gauche ; par la droite, c'est impossible, à cause de la disposition du terrain.

A gauche, on aura la rivière à traverser ; mais Charny assure qu'elle est guéable.

On laisse Varennes à droite ; on s'élance dans les prairies.

On attaquera, sur la route de Cler-

mont; l'escorte, si nombreuse qu'elle
soit ; on délivrera le roi, ou l'on se fera
tuer.

Au deux tiers de la hauteur de la ville,
on trouve la rivière ; Charny y pousse
le premier son cheval ; MM. de Bouillé
le suivent ; les officiers s'élançent après
eux ; les soldats suivent les officiers. Le
cours de la rivière disparaît sous les
chevaux et les uniformes ; — en dix
minutes, le gué est franchi.

Ce passage à travers l'eau courante a
raffraîchi chevaux et cavaliers. On re-
prend le galop en tirant à vol d'oiseau
sur la route de Clermont.

Tout à coup, Charny, qui précède la

troupe de vingt pas, s'arrête et jette un cri. Il est sur les bords d'un canal profondément encaissé, et dont l'encaissement est à fleur de terre.

Il avait oublié ce canal, relevé par lui, pourtant, dans ses travaux topographiques. Ce canal s'étend à plusieurs lieues, et partout il présente la même difficulté que sur le point où l'on est arrivé.

Si on ne le franchit pas sur-l e-champ, on ne le franchira jamais.

Charny donne l'exemple; il s'élance le premier à l'eau. Le canal n'est pas guéable, mais son cheval nage vigoureusement vers l'autre bord.

Seulement, le bord est un talus rapide

et glaiseux sur lequel ne peuvent mordre les ongles de fer du cheval.

Trois ou quatre fois, Charny essaie de remonter; mais, malgré toute la science de l'habile cavalier, toujours son cheval, après avoir fait des efforts désespérés, intelligents, presque humains pour s'élever sur la rive, glisse en arrière faute d'un point d'appui solide sous ses pieds de devant, et retombe dans l'eau en soufflant péniblement, et à moitié renversé sur son cavalier.

Charny comprend que ce que ne peut faire son cheval, bête de sang et de choix conduite par un cavalier consommé, quatre cents chevaux d'escadron ne pourront le faire.

C'est donc une tentative manquée ; la fatalité est la plus forte, le roi et la reine sont perdus ! Et, puisqu'il n'a pu les sauver, il ne lui reste plus qu'un devoir à accomplir : c'est de se perdre avec eux.

Il tente un dernier effort, inutile comme les autres, pour gagner la berge ; mais, dans cet effort, il a enfoncé son sabre dans la glaise jusqu'à la moitié de la lame.

Le sabre y est resté comme un point d'appui inutile au cheval, mais qui va servir au cavalier.

En effet, Charny abandonne les étriers et la bride ; il laisse son cheval se débattre sans cavalier dans cette eau fatale ;

il nage vers le sabre, le saisit de la main, s'y cramponne, arrive, après quelques vains efforts, à y poser le pied, et s'élance sur la berge.

Alors, il se retourne, et, de l'autre côté du canal, il voit M. de Bouillé et son fils pleurant de colère ; tous les soldats, sombres et immobiles, comprenant, d'après la lutte que Charny vient de livrer sous leurs yeux, de quelle inutilité il serait d'essayer de franchir ce canal infranchissable.

M. de Bouillé surtout se tord les bras avec désespoir, lui dont toutes les entreprises avaient, jusque-là, réussi ; lui dont tous les actes étaient couronnés de succès ; lui qui, dans l'armée, avait donné naissance au proverbe : *Heureux comme Bouillé !*

— Oh ! messieurs ! s'écria-t-il d'une voix douloureuse, dites encore que je suis heureux !

— Non, général, répondit Charny de l'autre rive ; mais soyez tranquille, je dirai que vous avez fait tout ce qu'un homme pouvait faire, et, quand ce sera moi qui le dirai, on me croira.... Adieu, général !

Et à pied, à travers terres, tout souillé de boue, tout ruisselant d'eau, désarmé de son sabre resté dans le canal, désarmé de ses pistolets dont la poudre est trempée, Charny prend sa course, et disparaît au milieu des groupes d'arbres qui, comme des sentinelles avancées de la forêt, sont placés en deçà de la route.

Cette route, c'est enfin celle par laquelle on emmène le roi et la famille royale prisonniers ; il n'a qu'à la suivre pour les rejoindre.

Mais, avant de la suivre, il se retourne une dernière fois, et voit, sur les rives du canal maudit, M. de Bouillé et sa troupe, qui, malgré l'impossibilité bien reconnue d'aller en avant, ne peuvent se décider à battre en retraite.

Il leur fait un dernier signe perdu, puis s'avance sur la route, tourne un angle, et tout s'évanouit.

Seulement, il lui reste, pour le guider, l'immense rumeur qui le précède, et qui se compose des cris, des clameurs, des menaces, des rires et des malédictions de dix mille hommes.

# IX

### Le Départ.

On sait comment le roi était parti.

Cependant, il nous reste à dire quelques mots de ce départ et de ce voyage, pendant lesquels nous verrons s'accomplir les destinées diverses des fidèles serviteurs et des derniers amis que la fata-

lité, le hasard ou le dévouement avaient
groupés autour de la monarchie mou-
rante.

Revenons donc à la maison de M.
Sausse.

Charny avait à peine touché le sol,
avons-nous dit, que la porte s'était ouverte, et que Billot avait reparu sur le
seuil.

Son visage était sombre ; son œil, sur
lequel la pensée abaissait son sourcil,
était investigateur et profond. Il passa en
revue tous les personnages du drame ;
mais, dans le cercle qu'il parcourut, son
regard ne parut faire que deux seules
remarques :

La fuite de Charny ; elle était patente : le comte n'était plus là, et M. de Damas refermait la fenêtre derrière lui ; en se penchant en avant, Billot eût pu voir le comte franchir le mur du jardin ;

Puis l'espèce de pacte qui venait d'être conclu entre la reine et M. de Romeuf, pacte dans lequel tout ce que M. de Romeuf avait pu promettre, c'était de rester neutre.

Derrière Billot, la première chambre s'était remplie de ces mêmes gens du peuple armés de fusils, de faulx ou de sabres, qu'un geste du fermier en avait expulsés.

Ces hommes, d'ailleurs, semblaient

entraînés instinctivement, et par une influence magnétique, à obéir à ce chef,
plébéien comme eux, et dans lequel ils
devinaient un patriotisme égal au leur,
disons mieux, une haine égale à leur
haine.

Billot jeta un regard derrière lui. Ce
regard, en se croisant avec celui des
hommes armés, lui apprit qu'il pouvait
compter sur eux, même dans le cas où il
faudrait recourir à la violence.

— Eh bien ! demanda-t-il à M. de Romeuf, sont-ils décidés à partir ?

La reine jeta sur Billot un de ces regards obliques qui eussent pulvérisé les
imprudents à qui elle les adressait, si elle

eût pu y mettre la puissance de la fou
dre.

Puis, sans répondre, elle s'assit en saisissant le bras de son fauteuil, comme si
elle eût voulu s'y cramponner.

— Le roi demande encore quelques
instants, répondit Romeuf ; personne n'a
dormi de la nuit, et Leurs Majestés sont
accablées de fatigue.

— Monsieur de Romeuf, reprit Billot,
vous savez bien que ce n'est point parce
que Leurs Majestés sont fatiguées qu'elles
demandent quelques instants ; mais c'est
parce qu'elles espèrent que, pendant ces
quelques instants, M. de Bouillé arrivera. Seulement, ajouta Billot avec affec-

tation, que Leurs Majestés y prennent garde, car, si elles refusent de venir de bonne volonté, on les traînera par les pieds jusqu'à leur voiture.

— Misérable ! s'écria M. de Damas, en s'élançant vers Billot le sabre à la main.

Mais Billot se retourna en croisant ses bras.

En effet, il n'avait pas besoin de se défendre lui-même : huit ou dix hommes s'élancèrent à leur tour de la première chambre dans la seconde, et M. de Damas se trouva menacé à la fois par dix armes différentes.

Le roi vit qu'il ne fallait qu'un mot ou

qu'un geste pour que les deux gardes du
corps, M. de Choiseul, M. de Damas et les
deux ou trois officiers ou sous-officiers
qui étaient près de lui fussent égorgés.

— C'est bien, dit-il, faites mettre les
chevaux à la voiture ; nous partons.

Madame Brunier, une des deux femmes
de la reine, jeta un cri, et s'évanouit.

Ce cri réveilla les deux enfants.

Le jeune Dauphin se prit à pleurer.

— Ah ! monsieur, dit la reine s'adressant à Billot, vous n'avez donc pas d'enfant, que vous êtes cruel à ce point pour
une mère ?

Billot tressaillit; mais aussitôt, avec un sourire amer.

— Non, madame, dit-il, je n'en ai pas.

Puis, au roi:

— Ce n'est pas la peine de mettre les chevaux à la voiture, dit-il, ils y sont.

— Eh bien ! alors, faites-la avancer.

— Elle est à la porte.

Le roi s'approcha de la fenêtre de la rue, et vit, en effet, la voiture tout attelée. Au milieu de l'immense rumeur qui se faisait dans la rue, il ne l'avait point entendue venir.

Le peuple aperçut le roi à travers les vitres.

Alors, un formidable cri ou plutôt une formidable menace s'éleva de la multitude. Le roi pâlit.

M. de Choiseul s'approcha de la reine.

— Qu'ordonne Sa Majesté ? dit-il. Moi et mes camarades préférons mourir à voir ce qui se passe ici.

— Croyez-vous M. de Charny sauvé ? demanda tout bas et vivement la reine.

— Oh ! pour cela, oui, dit M. de Choiseul, j'en répondrais.

— Eh bien ! parlons ; mais, au nom du

ciel, encore plus pour vous que pour nous, ne nous quittez pas, vous et vos amis !

Le roi comprit quelle crainte tenait la reine.

— En effet, dit-il, MM. de Choiseul et de Damas nous accompagnent, et je ne vois pas leurs chevanx.

— C'est vrai, dit M. de Romeuf en s'a-dressant à Billot, nous ne pouvons em-pêcher que ces messieurs ne suivent le roi et la reine.

—Ces messieurs, dit Billot, suivront le roi et la reine s'ils peuvent. Nos ordres portent de ramener le roi et la reine, et ne parlent pas de ces messieurs.

— Mais, moi, dit le roi avec plus de fermeté qu'on n'eût pu en attendre de lui, je déclare que je ne partirai point, que ces messieurs n'aient leurs chevaux.

— Que dites-vous de cela ? demanda Billot se retournant vers les hommes qui encombraient la chambre ; le roi ne partira pas si ces messieurs n'ont pas leurs chevaux !

Les hommes éclatèrent de rire.

— Je vais les faire approcher, dit M. de Romeuf.

Mais M. de Choiseul, faisant un pas en avant, et barrant le chemin à M. de Romeuf.

— Ne quittez pas Leurs Majestés, lui dit-il ; votre mission vous donne quelque pouvoir sur le peuple, et il est de votre honneur qu'il ne tombe pas un cheveu de la tête de Leurs Majestés.

M. de Romeuf s'arrêta.

Billot haussa les épaules.

— C'est bien, dit-il ; j'y vais, moi.

Et il marcha le premier.

Mais, se retournant au seuil de la porte :

— On me suit, n'est-ce pas? ajouta-t-il en fronçant le sourcil.

— Oh! soyez tranquille! dirent les hommes avec un éclat de rire qui indiquait qu'en cas de résistance, il ne fallait attendre d'eux aucune pitié.

En effet, arrivés à ce point d'irritation, ces hommes eussent bien certainement employé la violence contre la famille royale, ou fait feu sur quiconque eût essayé de fuir.

Aussi Billot n'eut pas même la peine de remonter.

Un des hommes était près de la fenêtre, suivant des yeux ce qui se passait dans la rue.

— Voici les chevaux, dit-il; en route!

— En route! répétèrent ses compagnons avec un accent qui n'admettait pas la discussion.

Le roi marcha le premier.

M. de Choiseul vint ensuite, donnant le bras à la reine; puis M. de Damas, donnant le bras à madame Elisabeth; puis madame de Tourzel avec les deux enfants, et, autour d'eux, formant un groupe, le reste de la petite troupe fidèle.

M. de Romeuf, comme envoyé de l'Assemblée nationale, et, par conséquent, comme revêtu d'un caractère sacré, avait mission de veiller particulièrement sur le cortège royal.

Mais, il faut le dire, M. de Romeuf avait lui-même grand besoin qu'on veillât sur lui. Le bruit s'était répandu qu'il avait, non-seulement exécuté avec mollesse les ordres de l'Assemblée, mais encore qu'il avait sinon activement, du moins par son inertie, favorisé la fuite d'un des plus dévoués serviteurs du roi, lequel, disait-on, n'avait quitté Leurs Majestés que pour aller transmettre à M. de Bouillé l'ordre de venir à leur secours.

Il en résulta qu'arrivé au seuil de la porte, tandis que la conduite de Billot était glorifiée par tout ce peuple, qui paraissait disposé à le reconnaître comme seul chef, M. de Romeuf entendit retentir autour de lui, accompagnés de menaces, les mots d'*aristocrate* et de *traître.*

On monta dans les voitures en suivant le même ordre qu'on avait suivi pour descendre l'escalier.

Les deux gardes du corps reprirent leurs places sur le siége.

Au moment de descendre, M. de Valory s'était approché du roi.

— Sire, avait-il dit, mon camarade et moi venons demander une faveur à Votre Majesté.

— Laquelle, messieurs? répondit le

roi, étonné qu'il y eût une faveur quelconque dont il pût encore disposer.

— Sire, la faveur, puisque nous n'avons plus le bonheur de vous servir comme militaires, d'occuper près de vous la place de vos domestiques.

— De mes domestiques, messieurs ? s'écria le roi ; impossible !

Mais M. de Valory s'inclina.

— Sire, dit-il ; dans la situation où se trouve Votre Majesté, notre avis est que cette place ferait honneur à des princes du sang, à plus forte raison à de pauvres gentilshommes comme nous.

— Eh bien ! soit, messieurs, dit le roi

les larmes aux yeux; restez... ne nous quittez plus jamais.

C'était ainsi que les deux jeunes gens, faisant une réalité de leur livrée, et de leurs fonctions factices de courriers, avaient repris leurs places sur le siége.

M. de Choiseul referma la portière de la voiture.

— Messieurs, dit le roi, je donne positivement l'ordre que l'on me conduise à Montmédy... Postillons, à Montmédy!

Mais une seule voix, voix immense, voix, non pas d'une seule population, mais de dix populations réunies, cria:

— A Paris! à Paris!

Puis, dans un moment de silence, Billot, montrant de la pointe de son sabre le chemin qu'il fallait suivre :

— Postillons, dit-il, route de Clermont !

La voiture s'ébranla pour obéir à cet ordre.

— Je vous prends tous à témoin qu'on me fait violence ! dit Louis XVI.

Puis, le malheureux roi, épuisé de cet effort de volonté, qui dépassait aucun de ceux qu'il eût faits encore, retomba assis au fond de la voiture, entre la reine et madame Elisabeth.

La voiture continua son chemin.

Au bout de cinq minutes, et avant qu'elle eût fait deux cents pas, on entendit de grands cris à l'arrière.

Par la disposition des personnes, et peut-être aussi par celle des tempéraments, la reine fut la première à mettre la tête hors de la portière.

Mais presque au même instant elle se rejeta dans la voiture, couvrant ses yeux de ses deux mains.

— Oh! malheur sur nous! dit-elle; c'est M. de Choiseul qu'on assassine!

Le roi tenta de faire un mouvement, mais la reine et madame Elisabeth le tirèrent en arrière, et le firent retomber en.

tre elles. D'ailleurs, la voiture venait de
tourner un angle de rue, et il était impossible de voir ce qni se passait à vingt pas
de là.

Voici ce qui se passait :

A la porte de M. Sausse, M. de Choiseul et M. de Damas étaient montés à
cheval ; mais le cheval de M. de Romeuf,
qui, du reste, était venu en poste, avait
disparu.

M. de Romeuf, M. de Floirac et l'adjudant Foucq suivaient donc à pied, espérant retrouver des chevaux de dragons
ou de hussards, soit que dragons et hussards, restés fidèles, leur offrissent leurs
chevaux, soit qu'ils rencontrassent des
chevaux abandonnés de leurs maîtres,

lesquels, — la plus grande partie du
moins, — fraternisaient avec le peuple
et buvaient à la santé de la Nation.

Mais on n'avait pas fait quinze pas que,
M. de Choiseul voit, de la portière de la
voiture qu'il escorte, que MM. de Romeuf, de Floirac et Foucq courent le danger d'être enveloppés, dispersés, étouf-
fés par la foule.

Alors, il s'arrête un instant, laisse filer
la voiture, et, jugeant que M. de Romeuf,
en vertu de la mission dont il est chargé,
peut, parmi ces quatre hommes qui courent un danger égal, être celui qui ren-
dra les plus grands services à la famille
royale, il crie à son domestique, James
Brisack, mêlé à toute cette foule :

— Mon second cheval à M. de Romeuf.

A peine avait-il prononcé ces paroles
que le peuple s'irrite, gronde, l'enve-
loppe en criant :

— C'est le comte de Choiseul ; c'est un
de ceux qui voulaient enlever le roi... A
mort, l'aristocrate ! à mort le traître !

On sait la rapidité avec laquelle, dans
les émeutes populaires, l'effet suit la
menace.

Arraché de sa selle, M. de Choiseul fut
renversé en arrière, et disparut englouti
dans ce gouffre terrible qu'on appelle la
multitude, et dont, à cette époque de

passions mortelles, on ne sortait guère qu'en lambeaux.

Mais, en même temps qu'il tombait, cinq personnes s'élançaient à son secours.

C'étaient M. de Damas, M. de Floirac, M. de Romeuf, l'adjudant Foucq et ce même domestique James Brisack, des mains duquel on venait d'arracher le cheval qu'il tenait, et qui, ayant les mains libres, pouvait les occuper au service de son maître.

Il y eut, alors, un instant de mêlée terrible, d'une mêlée pareille à l'un de ces combats que les peuples de l'antiquité, et de nos jours les Arabes, livrent

autour des corps sanglants de leurs bles-
sés et de leurs morts.

Contre toute probabilité, par bonheur,
M. de Choiseul n'était ni mort ni blessé,
ou du moins, malgré les armes dange-
reuses qui les avaient portées, ses bles-
sures étaient légères.

Un gendarme para, avec le canon de
son mousqueton, un coup de faulx qui
lui était porté ; James Brisack en para un
autre avec un bâton qu'il avait arraché à
l'un des assaillants.

Le bâton fut tranché comme un ro-
seau, mais le coup détourné ne blessa
que le cheval de M. de Choiseul.

Alors, Foucq eut l'idée de crier :

— A moi, dragons !

Quelques soldats accoururent à ce cri, et, ayant honte de laisser massacrer l'homme qui les avait commandés, ils se firent jour jusqu'à lui.

Alors, M. de Romeuf se jeta lui-même en avant :

— Au nom de l'Assemblée nationale, dont je suis mandataire, et du général la Fayette, par qui je suis député, s'écria-t-il, conduisez ces messieurs à la municipalité.

Ces deux noms de l'Assemblée nationale et du général la Fayette jouissaient alors de toute leur popularité : ils produisirent leur effet.

— A la municipalité! à la municipalité! crièrent un grand nombre de
voix.

Les hommes de bonne volonté firent
un effort, et M. de Choiseul et ses compagnons se trouvèrent entraînés vers la
maison communale.

On mit plus d'une heure et demie à y
arriver. Chaque minute de cette heure
et demie fut une menace ou une tentative de mort. Toute ouverture que leurs
défenseurs faisaient autour des prisonniers donnait passage à la lame d'un sabre, au trident d'une fourche ou à la
pointe d'une faulx.

Enfin, on arriva à la maison de ville.

Un seul officier municipal restait, fort effarouché de la responsabilité qui pesait sur lui.

Pour se décharger de cette responsabilité, il ordonna que MM. de Choiseul, de Damas et de Floirac fussent mis au cachot, et y fussent gardés par la garde nationale.

M. de Romeuf déclara, alors, qu'il ne voulait pas quitter M. de Choiseul, qui s'était exposé pour lui à tout ce qui arrivait.

Le municipal ordonna donc que M. de Romeuf fût conduit au cachot avec les autres.

Sur un signe que fit M. de Choiseul à

son domestique, celui-ci, qui était trop peu de chose pour qu'on s'occupât de lui, s'éclipsa.

Son premier soin, — n'oublions pas que James Brisack était valet d'écurie — fut de s'occuper des chevaux.

Il apprit que les chevaux, à peu près sains et saufs, étaient dans une auberge, gardés par plusieurs factionnaires.

Rassuré sur ce point, il entra dans un café, demanda du thé, une plume et de l'encre, et écrivit à madame de Choiseul et à madame de Grammont pour les rassurer sur le sort de leur fils et de leur neveu, qui, selon toute probabilité, était sauvé du moment où il était prisonnier.

Le pauvre James Brisack s'avançait
beaucoup en annonçant ces bonnes nouvelles. Oui, M. de Choiseul était prisonnier ; oui, M. de Choiseul était au cachot;
oui, M. de Choiseul était sous la garde
de la milice urbaine ; mais on avait oublié de mettre des sentinelles aux soupiraux de ce cachot, et, par ces soupiraux,
on tirait aux prisonniers force coups de
fusils.

Ils furent donc obligés de se réfugier
dans les angles.

Cette situation assez précaire dura
vingt-quatre heures pendant lesquelles
M. de Romeuf, avec un dévouement ad-
mirable, refusa de quitter ses compagnons.

Enfin, le 25 juin, la garde nationale de Verdun étant arrivée, M. de Romeuf obtint que les prisonniers lui fussent remis, et il ne les quitta que lorsqu'il eût la parole d'honneur des officiers de veiller sur eux jusqu'à ce qu'ils fussent dans les prisons de la haute cour.

Quant au pauvre Isidore de Charny, son corps avait été traîné dans la maison d'un tisserand où des mains pieuses, mais étrangères l'ensevelirent ; — moins heureux, en cela, que Georges, qui, du moins, avait reçu les derniers devoirs des mains fraternelles du comte, et des mains amies de Gilbert et de Billot.

Car, alors, Billot était un ami dévoué et respectueux. Nous avons vu comment

cette amitié, ce dévouement, ce respect
s'étaient changés en haine ;—haine aussi
implacable que cette amitié, ce dévouement et ce respect avaient été pro-
fonds.

# X

## La voie douloureuse.

Cependant la famille royale continuait son chemin vers Paris, suivant ce que nous pouvons appeler la voie douloureuse.

Hélas! Louis XVI et Marie-Antoinette

eurent, eux aussi, leur calvaire! Rache-
tèrent-ils, par cette passion terrible, les
fautes de la monarchie, comme Jésus-
Christ racheta les fautes des hommes?
C'est le problème que le passé n'a pas
encore résolu, mais que l'avenir nous
apprendra peut-être.

On avançait lentement; car les chevaux ne pouvaient marcher qu'au pas
de l'escorte, et cette escorte, tout en se
composant, dans sa plus grande partie,
d'hommes armés, comme nous l'avons
dit, de fourches, de fusils, de faulx, de
sabres, de piques, de fléaux, se complé-
tait par une innombrable quantité de
femmes et d'enfants; les femmes élevant
leurs enfants au-dessus de leur tête pour

leur faire voir ce roi qu'on ramenait de
force vers sa capitale, et qu'ils n'eussent
probablement jamais vu sans cette circonstance.

Et, au milieu de cette multitude qui
suivait la route en débordant des deux
côtés dans la plaine, la grande voiture
du roi, suivie du cabriolet de madame
Brunier et de madame de Neuville, semblait, suivi de sa chaloupe, un vaisseau
en perdition au milieu des vagues fu-
rieuses près de l'engloutir.

De temps en temps, une circonstance
inattendue faisait, — qu'on nous per-
mette de suivre la comparaison, — que
cet orage prenait une nouvelle force;
les cris, les imprécations, les menaces

redoublaient ; les vagues humaines s'a-
gitaient, s'élevaient, s'abaissaient, mon-
taient comme une marée, et quelquefois,
dans leurs profondeurs, cachaient entièrement le bâtiment, qui les fendait à
grand' peine de sa proue, les naufragés
qu'il portait, et la frêle chaloupe qu'il
traînait à la remorque.

On arriva à Clermont, sans avoir vu,
quoiqu'on eût fait près de quatre lieues,
la terrible escorte diminuer. Ceux des
hommes qui la composaient que leurs
occupations rappelaient chez eux étaient
remplacés par ceux qui accouraient des
environs, et qui voulaient jouir, à leur
tour, du spectacle dont les autres étaient
rassasiés.

Parmi tous les captifs qu'emportait la
prison ambulante, deux étaient plus particulièrement exposés à la colère de la
foule et en butte à ses menaces : c'étaient
les malheureux gardes assis sur le large
siége de la voiture. A chaque instant,—
et c'était une manière de frapper la famille royale, que l'ordre de l'Assemblée
faisait inviolable , — à chaque instant,
les baïonnettes étaient dirigées sur leurs
poitrines; quelque faulx qui était bien
réellement celle de la mort s'élevait au-
dessus de leurs têtes, ou quelque lance
qui se glissait comme un serpent perfide
entre les intervalles allait mordre les
chairs vivantes de son dard aigu, et revenait, d'un mouvement presque aussi
rapide, rapporter sous les yeux de son

maître, satisfait de n'avoir pas manqué son coup, sa pointe humide et rougie.

Tout à coup, on vit avec étonnement un homme sans chapeau, sans armes, les vêtements souillés de boue, fendre la foule, et, après avoir simplement adressé un salut respectueux au roi et à la reine, s'élancer sur l'avant-train de la voiture, et prendre placé sur le siège entre les deux gardes-du-corps.

La reine poussa à la fois un cri de crainte, de joie et de douleur.

Elle avait reconnu Charny.

De crainte, car ce qu'il faisait aux yeux de tous était tellement audacieux, que c'était un miracle qu'il eût pris cette place dangereuse sans avoir reçu quelque blessure ;

De joie, car elle était heureuse de voir qu'il avait échappé à ces dangers inconnus qu'il avait dû courir dans sa fuite, dangers d'autant plus grands, que la réalité, sans lui en spécialiser aucun, laissait l'imagination les lui offrir tous;

De douleur, car elle comprenait que, puisqu'elle revoyait Charny seul et dans cet état, elle devait renoncer à toute espèce de secours venant de M. Bouillé.

Au reste, la foule, étonnée de l'audace de cet homme, semblait l'avoir respecté à cause même de son audace.

Au bruit qui s'était fait autour de la

voiture, Billot, qui marchait à cheval
en tête de l'escorte, se retourna et reconnut aussi Charny.

—Ah! murmura-t-il, je suis bien aise
qu'il ne lui soit rien arrivé... Mais malheur à l'insensé qui tenterait maintenant
une pareille chose ; car, bien certainement, il paierait pour deux.

On arriva à Sainte-Menehould vers les
deux heures de l'après-midi.

La privation du sommeil pendant la
nuit du départ, les fatigues et les émo-
tions de la nuit qu'on venait de passer
avaient agi sur tout le monde, et princi-
palement sur le Dauphin. En arrivant à
Sainte-Menehould, le pauvre enfant était
en proie à une fièvre terrible.

Le roi ordonna de faire halte.

Malheureusement, de toutes les villes échelonnées sur la route, Sainte-Menehould était peut-être la ville la plus ardemment soulevée contre cette malheureuse famille que l'on ramenait prisonnière.

On ne fit donc aucune attention à l'ordre du roi, et un ordre contradictoire fut donné par Billot pour qu'on mît les chevaux à la voiture.

On obéit.

Le Dauphin pleurait et demandait, au milieu de ses sanglots :

— Pourquoi ne me déshabille-t-on pas

et ne me couche-t-on pas dans mon bon lit, puisque je suis malade?

La reine ne put tenir à ces plaintes, et son orgueil fut un instant brisé.

Elle souleva dans ses bras le jeune prince en larmes et tout frissonnant, et, le montrant au peuple :

— Ah! messieurs, dit-elle, par grâce pour cet enfant, arrêtez!

Mais les chevaux étaient déjà à la voiture.

— En marche! cria Billot.

— En marche! répéta le peuple.

Et, comme le fermier passait près de
la portière pour aller reprendre sa place
en tête du cortège :

— Ah ! monsieur, s'écria la reine, s'a-
dressant à Billot, je vous le répète, il
faut que vous n'ayez pas d'enfant !

— Et, moi, madame, je vous repète, à
mon tour, dit Billot avec son regard et
sa voix sombre, que j'en ai eu, mais que
je n'en ai plus...

— Faites donc comme vous voudrez,
dit la reine, vous êtes les plus forts....
Mais, prenez garde ! il n'y a pas de voix
qui crie plus haut « Malheur ! » que la
petite voix des enfants !

Le cortège se remit en route.

La traversée de la ville fut cruelle ; l'enthousiasme qu'excitait la vue de Drouet, à qui l'arrestation des prisonniers était due, eût été pour ceux-ci un terrible enseignement, s'il y avait un enseignement pour les rois ; mais, dans ces cris, Louis XVI et Marie-Antoinette ne voyaient qu'une fureur aveugle ; dans ces hommes, patriotes convaincus qu'ils sauvaient la France, le roi et la reine ne voyaient que des rebelles.

Le roi était atterré ; la sueur de la honte et de la colère coulait sur le front de la reine ; madame Elisabeth, ange du ciel égaré sur la terre, priait tout bas, non pour elle, mais pour son frère, pour sa belle-sœur, pour ses neveux, pour tout ce peuple. La sainte femme ne savait point séparer ceux qu'elle considérait comme des victimes de ceux qu'elle regardait comme des bourreaux, et, dans une même invocation, elle mettait les uns et les autres aux pieds du Seigneur.

A l'entrée de Sainte-Menehould, le flot, qui, pareil à une inondation couvrait toute la plaine, ne put s'engouffrer dans la rue étroite. Il écuma aux deux côtés de la ville, et en suivit le contour extérieur ; mais, comme on ne s'arrêta à Sainte-Menehould que le temps nécessaire au relai, à l'autre extrémité de la ville, il revint plus ardent battre la voiture.

Le roi avait cru, — et c'était cette croyance peut-être qui l'avait poussé dans une route mauvaise, — le roi avait cru que l'esprit de Paris seul était fourvoyé; il comptait sur sa bonne province; et voilà que sa bonne province, non-seulement lui échappait, mais encore se tournait impitoyable contre lui. Cette province, elle avait effrayé M. de Choiseul à Pont-de-Sommevelle; elle avait emprisonné M. Dandoins à Sainte-Menehould; elle avait tiré sur M. de Damas à Clermont; elle venait de tuer Isidore sous les yeux du roi : — tout se soulevait contre cette fuite, même le

prêtre que le chevalier de Bouillé avait
renversé, en le heurtant de son cheval,
au revers de la route.

Et c'eût été bien pis si le roi eût pu
voir ce qui se passait aux lieux même,
villes et villages, où la nouvelle arrivait
qu'il venait d'être arrêté. Aussitôt,
la population entière se soulevait : les
femmes prenaient dans leurs bras les
enfants au maillot; les mères tiraient
par la main ceux qui pouvaient marcher;
les hommes se chargeaient d'armes : autant ils en avaient, autant ils en sus-
pendaient autour d'eux ou en portaient
sur leurs épaules. Ils arrivaient décidés,
non pas à faire escorte au roi, mais à
tuer le roi, ce roi qui, au moment de la

récolte, — triste récolte que celle de la
pauvre Champagne, si pauvre, que, dans
son langage expressif, le peuple l'appelle
la *Champagne pouilleuse !* — ce roi qui, au
moment de la récolte, allait chercher,
pour qu'ils la foulassent aux pieds de
leurs chevaux, le pandour pillard, le
hussard voleur! Mais trois anges gar-
daient la voiture royale : le pauvre petit
Dauphin, tout malade et tout grelòttant
sur les genoux de sa mère ; Madame
Royale, qui, belle de cette beauté éclat-
tante des rousses, se tenait debout à la
portière, regardant tout cela de son œil
étonné, mais ferme ; madame Elisabeth,
enfin, déjà âgée de vingt-sept ans, mais
à qui la chasteté du corps et du cœur
mettait autour du front l'auréole de la

plus pure jeunesse. Ces hommes voyaient tout cela, plus cette reine courbée sur son enfant, plus ce roi abattu, et leur colère s'en allait, demandant quelque autre sujet sur lequel elle pût s'abattre. Ils criaient contre les gardes, ils les injuriaient, ils les appelaient, — ces cœurs nobles et dévoués, — cœurs de lâches et cœurs de traîtres ; puis, sur toutes ces têtes exaltées, la plupart nues, la plupart échauffées par le mauvais vin des cabarets, tombait d'aplomb le soleil de juin, faisant un arc-en-ciel de flamme dans la poussière crayeuse que tout cet immense cortége soulevait le long du chemin.

Qu'eût-il dit ce roi, qui peut-être s'il-

lusionnait encore, s'il eût vu un homme
partir de Mézières son fusil sur l'épaule,
faire soixante lieues en trois jours pour
tuer le roi, le joindre à Paris, et, à Paris,
le voyant si pauvre, si malheureux, si
humilié, secouer la tête, et renoncer à
son projet ?

Qu'eût-il dit, s'il eût vu un jeune menuisier ne doutant pas qu'après sa fuite
le roi ne fût immédiatement mis en
jugement et condamné, partir du fond
de la Bourgogne, et s'élancer par les
routes pour assister à ce jugement, et
entendre cette condamnation ? En route,
un maître menuisier lui fait entendre
que ce sera plus long qu'il ne croit, le
retient pour fraterniser avec lui ; le jeune

menuisier s'arrête, en effet, chez le vieux maître, et épouse sa fille (1).

Ce que voyait Louis XVI était plus expressif peut-être, mais moins terrible, car nous avons dit comment le triple bouclier de l'innocence repoussait de lui la colère, et la renvoyait contre ses serviteurs.

En sortant de Sainte-Menehould, à une demi-lieue de la ville peut-être, on vit arriver à travers champs, au grand galop de son cheval, un vieux gentilhomme chevalier de Saint-Louis ; il portait sa croix à sa boutonnière. Un ins-

(1) Cette double anecdote est racontée par Michelet, l'historien poétique et pittoresque ; il nomme même les deux héros : la majesté de son récit le lui permettait.

tant, sans doute, le peuple crut que cet

homme accourait conduit par la simple

uriosité, et lui fit place ; le vieux gentil-

homme s'approcha de la portière, le

chapeau à la main, saluant le roi et la

reine, et les appelant *majestés*. Le peuple

venait de mesurer où était la véritable

force et la majesté réelle ; il s'indigna

qu'on donnât à ses prisonniers un titre

qui lui était dû, à lui ; il commença à

gronder et à menacer.

Déjà le roi avait appris à connaître

ces grondements là : il les avait enten-

dus autour de la maison de Varennes ;

il devinait leur signification.

— Monsieur, dit-il au vieux chevalier

de Saint-Louis, la reine et moi sommes

bien touchés de la marque de dévouement que vous venez de nous donner d'une manière aussi publique ; mais, au nom de Dieu, éloignez-vous ! votre vie n'est pas en sûreté !

— Ma vie est au roi, dit le vieux chevalier, et le dernier jour de ma vie en sera le plus beau, si je meurs pour mon roi !

Quelques-uns entendirent ces paroles, et grondèrent plus haut.

— Retirez-vous, monsieur ! retirez-vous ! cria le roi.

Puis, se penchant en dehors :

— Mes amis, dit-il, faites place, je vous en prie, à M. de Dampierre.

Les plus proches, ceux qui entendirent la prière du roi, y obtempérèrent,
et firent place ; malheureusement, un
peu plus loin, cheval et cavalier se trouvèrent pressés ; le cavalier excita son
cheval de la bride et de l'éperon ; mais
la foule était tellement compacte, qu'elle
n'était pas maîtresse elle-même de ses
mouvements ; quelques femmes frois-
sées crièrent, un enfant épouvanté pleu-
ra ; les hommes montrèrent le poing : le
vieillard obstiné montra son front. Alors,
les menaces se changèrent en rugisse-
ments ; cette grande colère populaire et
léonine éclata... M. de Dampierre était
déjà sur la lisière de cette forêt d'hommes : il piqua son cheval des deux ; le
cheval franchit bravement le fossé, et

partit au galop à travers terres. En ce
moment, le vieux gentilhomme se retourna, et, mettant le chapeau à la main :
« Vive le roi! » cria-t-il; dernier hommage à son souverain, mais dernière
insulte à ce peuple.

Un coup de fusil retentit.

Lui tira un pistolet de ses fontes, et
rendit coup pour coup.

Alors, tout ce qui avait un fusil chargé
tira à la fois sur cet insensé.

Le cheval, criblé de balles, s'abattit.

L'homme fut-il blessé, fut-il tué par
l'effroyable décharge? on n'en sut rien.

La foule se rua comme une avalanche vers l'endroit où l'homme et le cheval étaient tombés, — à cinquante pas à peu près de la voiture du roi ; puis il se fit un de ces tumultes comme il s'en fait autour des cadavres, des mouvements désordonnés, un chaos informe, un gouffre de cris et de clameurs ; puis, tout à coup, au bout d'une pique, on vit surgir une tête à cheveux blancs.

C'était celle du malheureux chevalier de Dampierre !

La reine poussa un cri, et se rejeta dans le fond de la voiture.

— Monstres ! cannibales ! assassins ! hurla Charny.

— Taisez-vous ! taisez-vous, monsieur le comte ! dit Billot, ou sans cela je ne répondrais plus de vous.

— Soit, dit Charny, je suis las de la vie... Que peut-il en arriver de pis qu'à mon pauvre frère ?

— Votre frère, dit Billot, était coupable, et vous ne l'êtes pas.

Charny fit un mouvement pour sauter en bas du siége ; les deux gardes du corps le retinrent ; vingt baïonnettes se tournèrent vers lui.

— Amis ! dit Billot de sa voix forte et imposante, quelque chose que fasse ou dise celui-ci, — et il montra Charny, —

je défends qu'il tombe un cheveu de sa
tête... Je réponds de lui à sa femme.

— A sa femme! murmura la reine en
tressaillant, comme si une de ces baïonnettes qui menaçaient Charny l'eût pi-
quée au cœur; — à sa femme! pourquoi?...

Pourquoi? Billot n'aurait pu le dire
lui-même; il avait invoqué le nom et l'i-
mage de la femme de Charny, sachant
combien sont puissants ces noms-là sur
les foules, qui se composent, à tout prendre, de pères et d'époux.

# XI

## La voie douloureuse.

On arriva tard à Châlons. La voiture entra dans la cour de l'intendance. Des courriers avaient été envoyés d'avance pour faire préparer les logements.

Cette cour était encombrée par la garde nationale et par les curieux.

On fut obligé de faire écarter les spectateurs pour que le roi pût descendre de voiture.

Il descendit le premier, puis la reine portant le Dauphin dans ses bras, puis madame Élisabeth et Madame Royale, enfin madame de Tourzel.

Au moment où Louis XVI mettait le pied sur l'escalier, un coup de fusil partit, et la balle siffla aux oreilles du roi.

Y avait-il intention régicide? était-ce un simple accident?

— Bon! dit le roi en se retournant avec beaucoup de calme, voilà un maladroit qui a laissé partir son fusil!

Puis, à haute voix :

— Il faut faire attention, messieurs,
ajouta-t-il ; un malheur est bientôt arrivé !

Charny et les deux gardes du corps
suivirent sans empêchement la famille
royale, et montèrent derrière elle.

Mais déjà, à part le malencontreux
coup de fusil, il avait semblé à la reine
qu'elle entrait dans une atmosphère plus
douce : à la poste, où s'était arrêté le
cortège tumultueux de la grande route,
les cris aussi s'étaient arrêtés ; un cer-
tain murmure de compassion s'était
même fait entendre au moment où la famille royale avait descendu de voiture.
En arrivant au premier, on trouva une
table aussi somptueuse que possible, et

servie avec une élégance qui fit que les
prisonniers se regardèrent avec étonnement.

Des domestiques étaient là attendant ;
mais Charny réclama, pour lui et les
deux gardes du corps, le privilège du
service. Sous cette humilité, qui aujour-
d'hui pourrait paraître étrange, le comte
cachait le désir de ne point quitter le roi,
de rester à sa portée, et de se tenir prêt à
tout évènement.

La reine comprit ; mais elle ne se retourna pas même de son côté ; mais elle
ne le remercia ni de la main, ni du regard, ni de la parole. Ce mot de Billot :
« Je réponds de lui à sa femme ! » gron-

dait comme un orage au fond du cœur de Marie-Antoinette.

Charny, qu'elle croyait enlever de France; Charny, qu'elle croyait expatrier avec elle, Charny revenait avec elle à Paris, Charny allait revoir Andrée!

Lui, de son côté, ignorait ce qui se passait dans le cœur de la reine. Ces mots, il ne pouvait deviner qu'elle les eût entendus; d'ailleurs, son esprit commençait à concevoir quelque espérance.

Comme nous l'avons dit, Charny avait été envoyé d'avance pour explorer la route, et il avait rempli la mission en conséquence; il savait donc quel était l'esprit du moindre village. Or, à Châlons, vieille ville sans commerce, peuplée de bourgeois, de rentiers, de gentilshommes, l'opinion était royaliste.

Il en résulta qu'à peine les augustes convives furent-ils à table, leur hôte, l'intendant du département, s'avança, et, s'inclinant devant la reine, qui, ne s'attendant plus à rien de bon, le regardait avec inquiétude :

— Madame, dit-il, ce sont les jeunes filles de Châlons qui sollicitent la grâce d'offrir des fleurs à Votre Majesté.

La reine se retourna tout étonnée vers madame Élisabeth, puis vers le roi.

— Des fleurs ! dit-elle.

— Madame, reprit l'intendant, si le

moment est mal choisi, ou la demande
trop hardie, je vais donner l'ordre que
ces jeunes filles ne montent point.

— Oh! non, non, monsieur! au contraire, s'écria la reine, des jeunes filles,
des fleurs... oh! laissez-les venir!

L'intendant se retira, et, un instant
après, douze jeunes filles de quatorze à
seize ans, les plus jolies que l'on avait
pu trouver dans la ville, parurent dans
l'antichambre, et s'arrêtèrent sur le seuil
de la porte.

— Oh! entrez, entrez, mes enfants!
cria la reine en leur tendant les bras.

L'une des jeunes filles, interprète,
non-seulement de ses compagnes, mais

encore de leurs parents, mais encore de
la ville, avait appris un beau discours
qu'elle s'apprêtait à répéter ; mais, à ce
cri de la reine, à ces bras ouverts, à cette
émotion de la famille royale, la pauvre
enfant ne put trouver que des larmes et
ces mots sortis du plus profond de sa
poitrine, et qui résumaient l'opinion gé-
nérale :

— Oh ! Votre Majesté... quel malheur !

La reine prit le bouquet, et embrassa
la jeune fille.

Charny, pendant ce temps, se pen-
chait à l'oreille du roi.

— Sire, dit-il tout bas, peut-être y a-

t-il bon parti à tirer de la ville; peut-
être tout n'est-il pas encore perdu... Si
Votre Majesté veut me donner congé
pour une heure, je descendrai et lui ren-
drai compte de ce que j'aurai vu, entendu et peut-être même fait.

— Allez, monsieur, dit le roi, mais
soyez prudent; s'il vous arrivait malheur, je ne m'en consolerais jamais...
Hélas! c'est bien assez déjà de deux
morts dans la même famille!

— Sire, répondit Charny, ma vie est
au roi, comme l'était celle de mes deux
frères.

Et il sortit.

Mais, en sortant, il essuya une larme.

Il fallait la présence de toute la famille royale pour faire de cet homme au cœur ferme, mais tendre, le stoïque qu'il affectait de paraître. En se retrouvant en face de lui-même, il se retrouvait en face de sa douleur.

— Pauvre Isidore! murmura-t-il.

Et, de sa main, il pressa sur sa poitrine, — pour voir s'ils étaient toujours dans la poche de son habit, — ces papiers que M. de Choiseul lui avait apportés, qui avaient été trouvés sur le cadavre de son frère, et qu'il se promettait bien de lire, au premier moment de calme, avec la même religion qu'il eût mise à lire un testament.

Derrière les jeunes filles, que Madame

Royale embrassa comme des sœurs, se présentèrent les parents ; c'étaient presque tous, ainsi que nous l'avons dit, ou de dignes bourgeois ou de vieux gentilshommes ; ils venaient timidement, humblement, demander la grâce de saluer leurs souverains malheureux.

Le roi se leva lorsqu'ils parurent, et, de sa plus douce voix, la reine leur dit :

— Entrez !

Était-on à Châlons ? était-on à Versailles ? était-ce quelques heures auparavant que les prisonniers avaient vu égorger sous leurs yeux le malheureux M. de Dampierre ?

Au bout d'une demi-heure, Charny rentra.

La reine l'avait vu sortir, la reine l'avait vu rentrer; mais il eût été impossible à l'œil le plus perçant de rien lire sur son visage du contre-coup que donnaient à son âme cette sortie et cette rentrée.

— Eh bien? demanda le roi en se penchant du côté de Charny.

— Eh bien, Sire, répondit le comte, tout va pour le mieux : la garde nationale offre de reconduire demain Votre Majesté à Montmédy.

— Alors, dit le roi, vous avez décidé quelque chose?

— Oui, Sire, avec les principaux chefs... Demain, avant de partir, le roi demandera à entendre la messe ; — on ne peut refuser cette demande à Votre Majesté, c'est le jour de la Fête-Dieu, — la voiture attendra le roi à la porte de l'église ; en sortant, le roi montera dans sa voiture, les vivats éclateront, et, au milieu de ces vivats, le roi donnera l'ordre de tourner bride et de marcher sur Montmédy.

— C'est bien, dit Louis XVI ; merci, monsieur de Charny... si d'ici à demain rien n'est changé, nous ferons comme vous dites. Seulement, allez prendre du repos, vous et vos compagnons, vous devez en avoir encore plus besoin que nous.

Comme on le comprend bien, cette
réception de jeunes filles, de bons bourgeois et de braves gentilshommes ne se
prolongea pas fort avant dans la nuit : le
roi et la famille royale se retirèrent à
neuf heures.

Lorsqu'ils rentrèrent dans leur appartement, une sentinelle qu'ils virent à
leur porte rappela au roi et à la reine
qu'ils étaient toujours prisonniers.

Cependant, cette sentinelle leur présenta les armes.

Au mouvement précis avec lequel se
fit cet hommage à la majesté royale,
même captive, le roi reconnut un vieux
soldat.

— Où avez-vous servi, mon ami? demanda-t-il au factionnaire.

— Aux gardes-françaises, Sire, répondit celui ci.

— Alors, reprit le roi d'un ton sec, je ne suis pas surpris de vous voir là.

Louis XVI ne pouvait oublier que, le 15 juillet 1789, les gardes françaises avaient passé avec le peuple.

Le roi et la reine rentrèrent chez eux ; cette sentinelle était à la porte même de la chambre à coucher.

Une heure après, en descendant de garde, le factionnaire demanda à parler au chef de l'escorte. Ce chef, c'était Billot.

Il soupa dans la rue avec les hommes qui étaient venus des différents villages bordant la route, et essayait de les déterminer à rester le lendemain.

Mais, pour la plupart, ces hommes avaient vu ce qu'ils voulaient voir, c'est-à-dire le roi, et plus de la moitié tenait à faire la Fête-Dieu dans son village.

Billot s'efforçait de les retenir parce que les dispositions de la ville aristocrate l'inquiétaient.

Eux, braves gens de la campagne, lui répondaient :

— Si nous ne rentrions pas chez nous, qui donc souhaiterait la fête au bon Dieu, et tendrait des draps devant nos maisons ?

Ce fut au milieu de cette occupation que vint le surprendre la sentinelle.

Tous deux causèrent bas et d'une fa-çon animée.

Puis Billot envoya chercher Drouet.

La même conversation à demi-voix, animée et pleine de gestes se renouvela.

A la suite de cette conversation, Billot et Drouet allèrent chez le maître de poste, ami de ce dernier.

Le maître de poste leur fit seller deux chevaux, et, dix minutes après, Billot ga-loppait sur la route de Reims, et Drouet sur celle de Vitry-le-Français.

Le jour vint; à peine restait-il six cents hommes de l'escorte de la veille, les plus acharnés ou les plus las. Ils avaient passé la nuit dans la rue, sur des bottes de paille qu'on leur avait apportées ; en se secouant, aux premières lueurs du matin, ils purent voir une douzaine d'hommes en uniforme qui entraient à l'intendance, et qui, un instant après, en sortaient en courant.

Il y avait eu à Châlons un quartier des gardes de la compagnie de Villeroi ; une douzaine de ces messieurs se trouvaient encore dans la ville.

Ils venaient de prendre les ordres de Charny.

Charny leur avait dit de revêtir leurs uniformes, et de se trouver à cheval devant la porte de l'église au moment de la sortie du roi.

Ils allaient se préparer à cette manœuvre.

Comme nous l'avons dit, quelques-uns
des paysans qui, la veille, avaient fait escorte au roi, ne s'étaient point retirés le
soir parce qu'ils étaient las ; mais, le matin, ils comptèrent les lieues : ceux-ci
étaient à dix lieues, ceux-là à quinze
lieues de leurs maisons. Cent ou deux
cents partirent, quelques instances que
leur fissent leurs camarades.

Les fidèles se trouvèrent donc réduits
à quatre cents ou quatre cent cinquante
tout au plus.

Or, on pourrait compter sur un nombre égal au moins de gardes nationaux
dévoués au roi ; — sans compter les gardes royaux et les officiers que l'on de-

vait recruter, espèce de bataillon sacré
prêt à donner l'exemple en s'exposant à
tous les dangers.

En outre, on le sait, la ville était aristocrate.

Le matin, dès six heures, les habitants
les plus zélés pour la cause royaliste
étaient debout attendant dans la cour de
l'intendance; Charny et les deux gardes
se tenaient au milieu d'eux, et attendaient aussi.

Le roi se leva à sept heures, et fit dire
que son intention était d'assister à la
messe.

On chercha Drouet et Billot pour leur
exposer ce désir du roi; mais on ne les
trouva ni l'un ni l'autre.

Rien ne s'opposait donc à ce que ce désir s'accomplit.

Charny monta chez le roi, et lui annonça l'absence des deux chefs de l'escorte.

Le roi s'en réjouit ; mais Charny secoua la tête. S'il ne connaissait pas Drouet, en revanche, il connaissait Billot.

Cependant, les augures paraissaient favorables. Les rues étaient encombrées, mais il était facile de voir que toute cette population était sympathique. Tant que les volets de la chambre du roi et de la chambre de la reine avaient été fermés, cette foule, pour ne pas troubler le sommeil des prisonniers, avait circulé à petit bruit et à pas sourds, levant les mains et les yeux au ciel, et si nombreuse, qu'à peine voyait-on, perdus dans ses rangs, les quatre ou cinq cents paysans qui avaient persisté à ne point rejoindre leurs villages.

Mais, dès que les volets s'ouvrirent chez les augustes époux, les cris de : « Vive le roi! » et « Vive la reine! » retentirent avec une telle énergie, que, sans s'être communiqué leur pensée, d'eux-mêmes, et chacun de son côté, le roi et la reine apparurent à leurs balcons.

Alors, les cris furent unanimes et une dernière fois encore les deux condamnés du destin purent se faire illusion.

— Allons, dit d'un balcon Louis XVI à Marie-Antoinette, tout va bien !

Marie-Antoinette leva les yeux au ciel, mais ne répondit pas.

En ce moment, les volées de la cloche annoncèrent l'ouverture de l'église.

Puis, en même temps, Charny frappa légèrement à la porte.

— C'est bien, dit le roi, je suis prêt, monsieur.

Charny jeta un coup d'œil rapide sur le roi : il était calme, presque ferme ; il avait tant souffert, qu'on eût dit qu'à force de souffrances, il perdait son irrésolution.

La voiture attendait à la porte.

Le roi et la famille royale y montèrent entourés d'une foule pour le moins aussi considérable que la veille ; mais, au lieu d'insulter les prisonniers, cette foule leur demandait un mot, un regard, se trouvait heureuse de toucher les pans de l'habit du roi, fière de baiser le bas de la robe de la reine.

Les trois officiers reprirent leur place sur le siége.

Le cocher reçut l'ordre de conduire la voiture à l'église, et obéit sans faire aucune observation.

D'ailleurs, d'où eût pu venir le contre-ordre? Les deux chefs étaient toujours absents.

Charny plongeait les yeux de tous côtés, et cherchait en vain Billot et Drouet.

On arriva à l'église.

L'escorte de paysans avait bien pris

son rang autour de la voiture ; mais, à chaque moment, le nombre des gardes nationaux augmentait ; au coin de chaque rue, ils débouchaient par compagnies.

En arrivant à l'église, Charny estima qu'il pouvait disposer de six cents hommes.

On avait réservé les places de la famille royale sous une espèce de dais, et, quoiqu'il ne fût que huit heures du matin, les prêtres commençaient une grande messe.

Charny s'en aperçut ; il ne craignait rien tant qu'un retard ; un retard pouvait être mortel à ces espérances auxquelles il venait de se reprendre. Il fit prévenir l'officiant qu'il était essentiel que la

messe ne durât pas plus d'un quart
d'heure.

— Je comprends, fit répondre le prêtre, et je vais prier Dieu pour qu'il ac-
corde à Leurs Majestés un heureux
voyage.

La messe dura juste le temps indiqué,
et, cependant, Charny tira plus de vingt
fois sa montre. Le roi lui-même ne pouvait cacher son impatience ; la reine, à
genoux entre ses deux enfants, appuyait
sa tête sur le coussin du prie-Dieu ; madame Elisabeth, calme et sereine comme
une vierge d'albâtre, — soit qu'elle igno-
rât le projet, soit qu'elle eût déjà remis
sa vie et celle de son frère aux mains d u

Seigneur, — ne donnait aucun signe d'impatience.

Enfin, le prêtre, en se retournant, prononça les paroles sacramentelles : *Ite missa est!*

Et, descendant les marches de l'autel le saint ciboire à la main, il bénit, en passant, le roi et la famille royale.

Ceux-ci s'inclinèrent de leur côté, et, au désir qui se formulàit dans le cœur du prêtre, répondirent tout bas : *Amen!*

Puis ils s'acheminèrent vers la porte.

Tous ceux qui venaient d'entendre la messe avec eux s'agenouillaient sur leur passage ; les lèvres remuaient sans qu'aucun son sortît des bouches ; mais il était facile de deviner tout ce que demandaient ces lèvres muettes.

A la porte de l'église, on trouva les dix ou douze gardes à cheval.

L'escorte royaliste commençait à prendre des proportions colossales.

Et, cependant, il était évident que les paysans. avec leurs rudes volontés, avec leurs armes, moins mortelles peut-être que celles des citadins, mais plus terribles à la vue, — un tiers était armé de fusils, le reste de faulx et de lances, — il était évident que les paysans pouvaient, au moment décisif, peser d'un poids fatal dans la balance.

Ce ne fut donc pas sans une certaine crainte que Charny, se penchant vers le roi, à qui l'on demandait ses ordres, lui dit pour l'encourager :

— Allons, Sire !...

Le roi était décidé.

Il passa la tête à la portière, et s'adressant à ceux qui entouraient la voiture :

— Messieurs, dit-il, hier, à Varennes, on m'a fait violence; j'avais donné l'ordre d'aller à Montmédy, et, de force, on m'a ramené vers une capitale révoltée. Mais hier, j'étais au milieu de rebelles ; aujourd'hui, je suis parmi de braves sujets, et je répète : A Montmédy, messieurs !

— A Montmédy ! cria Charny.

— A Montmédy ! répétèrent les gardes de la compagnie de Villeroi.

— A Montmédy ! répéta après eux toute la garde nationale de Châlons.

Puis un chœur géneral poussa le cri de « Vive le roi ! »

La voiture tourna à l'angle de la rue,

et reprit, pour s'en aller, le chemin qu'on
avait suivi, la veille, pour venir.

Charny avait les yeux sur toute cette
population des villages. Elle semblait,
en l'absence de Drouet et de Billot, commandée par ce garde-française qui avait
été de faction à la porte du roi ; il suivit
et fit suivre silencieusement le mouvement par ses hommes, dont l'œil sombre
indiquait qu'ils goûtaient peu la manœuvre qui s'exécutait.

Seulement, ils laissèrent passer toute
la garde nationale, se massant à la suite
en arrière-garde.

Aux premiers rangs marchaient les
hommes armés de piques, de fourches et
de faulx.

Ensuite venaient cent cinquante hommes, à peu près, armés de fusils.

Cette manœuvre, aussi bien exécutée que si elle l'eût été par des troupes habituées à l'exercice, inquiéta Charny, mais il n'avait aucun moyen de s'y opposer, et, placé comme il était, ne pouvait pas même en demander l'explication.

L'explication lui fut bientôt donnée.

A mesure que l'on avançait vers la porte de la ville, il semblait que, malgré le bruit de la voiture, malgré les rumeurs et les cris de ceux qui l'accompagnaient, on entendît quelque chose comme un roulement sourd qui allait augmentant.

Tout à coup, Charny pâlit et posa la main sur le genou du garde du corps qui était près de lui.

— Tout est perdu ! dit-il.

— Pourquoi cela ? demanda le garde du corps.

— Ne reconnaissez-vous donc pas ce bruit ?

— On dirait le bruit du tambour... Eh bien ?

— Eh bien, vous allez voir ! dit Charny.

En ce moment, on tourna l'angle d'une place ; deux rues aboutissaient à cette place : la rue de Rheims et la rue de Vitry-le-Français.

Par chacune de ces deux rues, tambours en tête, drapeaux déployés, s'avançaient deux troupes considérables de gardes nationaux.

Chacune de ces deux troupes semblait commandée par un homme à cheval.

L'un de ces hommes était Drouet ; l'autre, Billot.

Charny n'eut besoin que de jeter un coup d'œil sur la direction que suivait chaque troupe pour tout comprendre.

L'absence de Drouet et de Billot, absence inexplicable jusques-là, s'expliquait trop clairement.

Sans doute ils avaient été prévenus du coup qui se machinait à Châlons ; ils étaient partis, l'un pour aller hâter l'arrivée de la garde nationale de Rheims, l'autre, pour aller chercher la garde nationale de Vitry-le-Français.

Leurs mesures avaient été prises de concert ; tous deux arrivaient à temps.

Ils firent faire halte à leurs hommes

sur la place , qu'ils barraient entièrement.

Puis, sans autre démonstration, l'ordre fut donné de charger les armes.

Le cortège s'arrêta.

Le roi mit la tête à la portière.

Il trouva Charny debout, pâle, les
dents serrées.

— Qu'y a-t-il ? demanda le roi.

— Il y a, Sire, que nos ennemis sont
allés chercher du renfort, et que, comme
vous le voyez, on charge les armes...
tandis que derrière la garde nationale
de Châlons, les paysans se tiennent avec
leurs armes toutes chargées !

— Que pensez-vous de cela, monsieur
de Charny ?

— Je pense, Sire , que nous sommes

pris entre deux feux ; ce qui n'empêche pas que, si vous voulez passer, vous passerez, Sire.... Seulement jusqu'où ira votre Majesté ? je n'en sais rien !

— C'est bien, dit le roi ; retournons.

— Votre Majesté est bien décidée ?

— Monsieur de Charny, il a déjà coulé assez de sang pour moi, et du sang que je pleure avec des larmes bien amères !... Je ne veux pas qu'il en soit versé une goutte de plus : retournons.

A ces mots, les deux jeunes gens du siége s'élancèrent à la portière ; les gardes de la compagnie de Villeroi accoururent ; ces braves et bouillants militaires ne demandaient pas mieux que d'entrer en lutte avec des bourgeois ;

mais le roi répéta l'ordre plus positivement qu'il ne l'avait encore fait.

— Messieurs, dit Charny à voix haute et impérative, retournons! le roi le veut !

Et lui-même, prenant la bride du cheval, il fit faire un tête-à-la-queue à la lourde voiture.

A la porte de Paris, la garde nationale de Châlons, devenue inutile, céda la place aux paysans, à la garde nationale de Vitry et à la garde nationale de Rheims.

— Trouvez-vous que j'aie bien fait, madame? dit Louis XVI à Marie Antoinette.

— Oui, monsieur, répondit celle-ci;

seulement, je trouve que M. de Charny vous a obéi bien facilement...

Et elle tomba dans une sombre rêverie qui n'appartenait pas tout entière à la situation, si terrible qu'elle fût, dans laquelle on se trouvait.

FIN DU DIXIÈME VOLUME.

# TABLE

## DU DIXIÈME VOLUME.

—

CHAP. I. La tour de péage du pont de Varennes. .    1

II. La maison de M. Sausse. . . . . . . . 15

III. Le conseil du désespoir. . . . . . . 45

IV. Pauvre Catherine. . . . . . . . . 73

V. Charny. . . . . . . . . . . . 105

VI. Un ennemi de plus. . . . . . . . 125

VII. La haine d'un homme du peuple. . . . 147

VIII. M. de Bouillé. . . . . . . . . , 185

IX. Le Départ. . . . . . . . . . . 235

X. La voie douloureuse. . . . . . . 257

XI. La voie douloureuse. . . . . . . 283

———

Sceaux. Impr. de E, Dépée.

# MONT-REVÊCHE,

PAR GEORGE SAND, 4 volumes.

## LE VEAU D'OR,

PAR FRÉDÉRIC SOULIÉ, 8 volumes.

## AVENTURES DU CHEVALIER DE PAMPELONNE,

PAR A. DE GONDRECOURT, 5 vol.

## FALKAR LE ROUGE,

PAR G. DE LA LANDELLE, 5 volumes.

## IL FAUT QUE JEUNESSE SE PASSE,

PAR ALEXANDRE DE LAVERGNE, 3 volumes

## LA TOUR DE DAGO,

PAR A. DE GONDRECOURT, 5 volumes.

## LES OISEAUX DE NUIT,

PAR XAVIER DE MONTÉPIN, 5 volumes.

## LAQUELLE DES DEUX,

PAR MAXIMILIEN PERRIN, 2 volumes.

www.ingramcontent.com/pod-product-compliance
Lightning Source LLC
Chambersburg PA
CBHW050148030726
47505CB00005B/1287